남자는 쇼핑을
좋아해

案外、買い物好き

무라카미 류
권남희 옮김

남자는 쇼핑을
좋아해

案外、買い物好き

차례

이탈리아에서 쇼핑하기 —— 9

블루 셔츠 —— 13

블루 셔츠 2 —— 16

로마의 셔츠 가게 —— 19

25분 동안 열세 장의 셔츠 사기 —— 23

넥타이와 셔츠 시뮬레이션 —— 25

귀찮거나 귀찮지 않거나 —— 29

궐련을 위한 여러 가지 도구 —— 31

착용감이 좋은 속옷 —— 33

유일무이한 티셔츠 —— 36

셔츠를 입고 넥타이를 맬 기회 —— 38

볼로냐의 고기 어묵 —— 40

볼로냐의 구두 가게 —— 43

바로 그 이탈리아 셔츠 —— 47

피아지오의 자전거 바이크 —— 50

드라이브인의 살라미 소시지 —— 53

반바지와 티셔츠와 슬리퍼 —— 57

면양말과 쿠바 무늬 알로하셔츠 —— 60

호텔 편집숍 —— 63

가죽 다운 코트 —— 66

구멍 난 스웨터 —— 69

평생 이어질 '좋은 기분' —— 74

쾌적한 인터넷 쇼핑 —— 76

감탄이 나오는 셔츠 —— 79

피렌체의 추억 —— 83

처음 간 중국 —— 86

그리운 페루자 —— 90

이탈리아 바지와 셔츠와 '쿨 비즈' —— 93

골동품 시장과 기념품 가게 —— 96

서울에서 명품 사기 —— 99

20년 만의 청바지 —— 101

일본에만 있는 '이탈리아 아저씨' 이미지 —— 104

지팡이를 멋지게 들기 —— 107

호텔 스파가 좋다 —— 110

프랑크푸르트의 명품 매장 거리 —— 112

인터넷에서 사고 싶은 것 —— 115

하와이에서 발견한 맛있는 식재료 —— 117

백화점 지하의 깨강정 —— 120

진화하는 중국 패션 —— 122

짝퉁 시계 —— 125

첫 쇼핑 —— 128

추억 1 밀라노 —— 132

추억 2 로마 —— 134

추억 3 페루자 —— 137

추억 4 볼로냐 —— 139

추억 5 파르마 —— 141

추억 6 피렌체 —— 144

추억 7 파리 —— 147

추억 8 상하이 —— 151

추억 9 서울 —— 154

추억 10 아바나 —— 157

추억 11 마우이 —— 160

추억 12 프랑크푸르트 —— 164

이탈리아에서 쇼핑하기

나카타 히데토시가 이탈리아로 이적한 뒤, 나도 한 해 두세 번은 이탈리아를 찾았다. 그 덕분에 옷과 구두는 주로 이탈리아에서 샀다. 일본보다 싸고 물건도 다양해서 자연스럽게 그렇게 됐다. 이를테면 명품 옷과 구두는 편집숍에서 사는 편이 고르기 쉽다는 것도 알았다. 나카타 선수가 첫 번째로 들어간 팀은 AC페루자였다. 페루자는 로마에서 고속 도로를 타고 북쪽으로 두 시간 정도 거리에 있는 작은 도시로, 첸트로라 불리는 구시가지에는 프라다나 구찌, 코스튬내셔널의 옷과 구두를 파는 편집숍이 두 군데 있다.

페루자에 도착하면 그 가게에 가는 것이 큰 즐거움이었다. 나는 그때까지 명품 옷과 구두에 거의 흥미가 없었다. 15년쯤 전에 했던 텔레비전 토크 프로그램에서는 이탈리아 제품의 슈트를 입었지만 그것도 아르마니라면 패션 감각을 얼렁뚱땅 속일 수 있겠지, 하는 어이없는 이유 때문이었다. 게다가 나는 슈트를 사도 기쁘지 않았다. 그 토크 프로그램에 출연하기 전에는 슈트를 입을 기회가 거의 없었다.

당시 내가 좋아한 것은 폴리니의 가죽 블루종으로, 유럽에 갈 때마다 샀다. 폴리니 가죽 블루종을 제일 처음 산 것은 로스앤젤레스에서였다. 「괜찮아, 내 친구」라는 폭삭 망한 영화를 촬영하러 로스앤젤레스에 갔을 때, 멜로즈의 한 가게에서 샀다. 가격은 1500달러 정도였지만, 가슴 부분의 가죽 색과 다른 부분의 가죽 색이 미묘하게 달랐다. 그런 디자인을 본 것은 처음이었다.

그다음에 테니스 토너먼트 취재하러 모나코에 갔을 때, 4월인데 너무 추워서 몬테카를로의 한 편집숍에서 또 폴리니의 블루종을 샀다. 로스앤젤레스에서 산 것과 똑같은 가죽 블루종으로 모나코에서 지불한 가격을 달러로 환산하면 1200달러였다. 미국보다 유럽 쪽이 싸구나, 생각했다. 그다음 달, 이번에는 프랑스 오픈을 취재했다. 그 무렵 나는 유럽 날씨를 잘 몰랐다. 초여름은 물론 여름에도 흐리거나 비가 내리면 무진장 추워진다는 사실을 몰랐다. 특히 바람이 차서 레인코트나 가죽 블루종으로 추위를 막는 것이 최선이었다.

나는 파리에서 또 폴리니 가죽 블루종을 샀다. 가격은 1000달러 정도였다. 같은 소재와 디자인의 가죽 블루종 가격이 어째서 로스앤젤레스와 모나코 그리고 파리에서 각각 다른지 몰라서 희한하다고 생각했다. 그리고 밀라노 근교 몬차라는 도시에 포뮬러원, 즉 F1 레이스를 보러 갔을 때 드디어 폴리니 본점을 찾게 됐다. 밀라노의 두오모 옆에 있는 폴리니 본점에는 물건도 많은 데다 가격은 평균 700~800달러 정도로 저렴했다. 로스앤젤레스는 이탈리아에서 멀어서 가장 비쌌고, 모나코는 부자 동네여서 파리보다 비쌌다.

그 후로 몇 년 동안 유럽에 갈 때마다 밀라노의 폴리니를

다녀서 블루종 수가 급격히 늘었다. 하지만 나카타 선수가 이탈리아에 간 뒤로 나의 관심은 셔츠로 옮겨 가서, 최근에는 블루종을 입을 일이 거의 없다. 셔츠에 관해서는 다음 페이지에 계속 쓰겠다.

블루 셔츠

나는 도통 멋을 낼 줄 모른다. 옛날부터 흥미가 없었다. 이미 25년도 전의 일이지만, 인기 아이돌 그룹의 여성 멤버들과 식사를 할 기회가 생겨서 후드가 달린 트레이닝복을 입고 그 자리에 나갔다가 심하게 빈축을 산 적이 있다. 아이돌 여성 멤버와 식사할 때는 어떤 차림을 해야 하는지 몰랐다.

그 후로도 여전히 패션의 기본조차 몰랐고, 그런 것을 알고 싶은 의욕도 없었다. 텔레비전 토크 프로그램 사회를 볼 때는 아르마니 슈트를 입었지만, 슈트가 점점 많아져도 별로 기쁘지 않았다. 텔레비전에 출연할 때 말고는 입을 일이 거의 없었다. 왜 프로그램에서 아르마니를 입었냐면, 아르마니 슈트를 입으면 옷이 이러니저러니 빈축 살 일이 없을 거라는 얕은 생각 때문이었다.

파리 방돔 광장에 있는 아르마니 매장에서 슈트와 셔츠와 넥타이를 곧잘 샀다. 조엘이라는 점원과 친해져서, 내가 광장을 가로질러 가게 가까이에 이르면 그가 2층에서 손을 흔들며 맞아 주기도 했다. 그러나 아르마니를 입을 때는 좀 부끄럽다.

페라리를 타고 도쿄를 달릴 때 느껴지는 부끄러움과 비슷하다. 아마 페라리도 계속 타다 보면 모양이 날 것이다. 변속 레버도, 핸들도 무거운 페라리를 몰고 정체가 심한 수도 고속 도로를 달리는 게 귀찮다고 생각하는 사람에게는 페라리가 어울리지 않는다.

20세기가 끝날 무렵, 나는 이탈리아의 밀라노에서 셔츠에 눈을 떴다. 나카타 히데토시가 이탈리아로 건너간 이후, 그의 경기를 보러 한 해에 몇 번이나 이탈리아에 갔다. 어느 날, 밀라노 시내를 돌아다니다 남자들이 모두 셔츠를 입는다는 사실을 깨달았다. 택시 운전사 아저씨부터 눈썹과 코에 피어싱을 한 청년, 은행원, 정치가까지 모두 긴소매 셔츠를 입고 있었다. 그것도 블루 계열 셔츠였다.

밀레니엄 때문에 조명을 받고 있는 로마의 포폴로 광장 근처 레스토랑에서 점심을 먹으며, 나는 같이 있던 여자 친구에게 알려 주었다.

"주위를 봐. 남자 손님은 전부 블루 셔츠를 입고 있지."

여자 친구는 천천히 주위를 둘러보더니, 깜짝 놀란 듯이 눈을 동그랗게 뜨고 진짜네, 라고 말했다.

긴소매 셔츠는 이탈리아 남자 패션의 기본이다. 여름에도 흐린 날이면 찬바람이 불어서 티셔츠 위에 긴소매 셔츠를 덧입는다. 조금 추워지면 셔츠 위에 가죽 블루종과 스웨터를 입고, 약간 공식적인 곳에서는 셔츠 위에 재킷을 입으며, 더 공식적인 경우에는 슈트를 입고 넥타이를 맨다. 어디까지나 셔츠가 기본이다. 그 사실을 깨달은 뒤, 패션에 대한 생각이 편안해졌다. 무엇이든 마찬가지지만 기본이 정해지면 다음은 비교적 간단하다.

그렇게 나는 셔츠에 눈을 떴다. 그리고 밀라노와 로마와 파리에서 마음에 드는 셔츠 가게를 발견하고, 심오한 셔츠의 세계에 입문하게 되었다.

블루 셔츠 2

이탈리아 남자의 기본 패션이 셔츠란 것을 몇 명의 친구에게 확인했다. 한 친구는 모 일본 기업 밀라노 지사에 근무하는, 축구를 좋아하는 삼십 대의 규슈 출신 남자였다. 그는 일본 기업의 주재원으로는 드물게 거의 완벽한 이탈리아어를 구사했다. 이탈리아 남자가 좋아하는 것은 단순히 셔츠가 아니라 블루 계통 셔츠란 것을 처음 지적해 준 사람도 그였다.

그다음에는 이탈리아 남자와 결혼을 전제로 교제 중인 일본인 여성에게 들었다. 그녀의 애인은 텔레비전 방송국 카메라맨인데 장발에다 귓불과 눈썹에 피어싱을 했고, 평소에는 청바지와 가죽 재킷 차림으로 다녔다.

"이탈리아 남자의 셔츠를 좋아하세요? 그거 이상해요. 아니, 내가 보기에 이상하다는 말이지만요. 글쎄 여행을 가면 셔츠 다림질로 하루를 시작한다니까요. 다림질을 못 하면 무능한 여자 취급을 받죠. 아무튼 셔츠 다림질하기가 제일 힘들어요. 이탈리아 셔츠는 어깨나 소매 주름이 복잡해서 잘 다리기가 정말로 어렵거든요."

하지만 이탈리아 남자의 기본 패션이 셔츠란 걸 아는 일본인은 적다. 일본 남성 패션 잡지에서도 그런 기사를 다룬 적이 없고, 패션 평론가가 텔레비전에서 그런 얘길 한 적도 없고, 일본에 거주하는 이탈리아 사람이 그런 말하는 걸 들은 적도 없다. 이탈리아에서 셔츠에 눈을 뜬 뒤로 그 점을 이상하게 생각했다. 그러다가 아마 일본인의 주식이 쌀이라는 사실과 같은 맥락이 아닐까 이해하게 됐다. 우리는 외국 사람에게 우리 주식은 쌀입니다, 라고 굳이 말하지 않는다. 너무 당연한 사실이라 주식이 쌀이란 걸 외국 사람이 어떻게 생각할지 신경 쓰지 않기 때문이다.

이토록 끈질기게 이탈리아 셔츠 얘기를 하는 것은 내가 이탈리아 셔츠에 관해 잘 안다는 걸 자랑하고 싶어서가 아니다. 셔츠가 패션의 기본이라고 생각하니 코디하기가 정말로 간편해서, 그 사실에 놀라서다.

각설하고, 이탈리아 각 도시에는 셔츠를 파는 가게가 무수히 많다. 서민적인 가게부터 아르마니나 베르사체 같은 고급 명품 매장까지 다양하다. 내가 선호하는 곳은 셔츠 전문점으로, 밀라노와 로마에 각각 좋아하는 가게가 있다. 최근 파리의 생제르망데프레에서도 이탈리아풍 셔츠를 파는 괜찮은 가게를 발견했다. 그런 가게에 있는 물건은 대개 셔츠와 넥타이 약간이고 트렁크스와 스웨터가 조금, 나머지는 파자마 정도로 어디까지나 셔츠가 중심이다.

이탈리아 셔츠의 디자인이야 말할 것도 없지만, 특히 강조하고 싶은 것은 그 질감이다. 특별한 경우를 제외하고 나는 얇은 티셔츠 위에 셔츠를 입는다. 단골 가게의 면의 감촉은 말로 표현할 수가 없다. 흔히 실크 같다고 표현하지만, 나는 실크보다는 면의 촉감을 좋아한다. 실크 특유의 '차가움'이 없다.

봄가을에 밀라노와 로마와 파리의 셔츠 가게에 가고, 나카타 선수의 경기를 보는 것. 그것은 이제 거의 공식 행사가 됐다.

로마의 셔츠 가게

내가 좋아하는 로마의 셔츠 가게는 스페인 광장 옆에 있고, 밀라노의 셔츠 가게는 몬테 나폴레오네 거리 한 모퉁이에 있다. 스페인 광장에서 포폴로 광장에 이르는 일대와 몬테 나폴레오네 거리는 세계가 인정한 '쇼핑'의 명소다. 명품 판매장이 보란 듯이 즐비하게 늘어서 있다. 프라다나 구찌 판매장에는 일본인이 떼로 몰려서 명품을 사겠다는 살기 띤 열정을 내뿜는다.

내가 좋아하는 셔츠 가게에는 일본인 쇼핑객이 없다. 로마의 가게도, 밀라노의 가게도 이른바 명품 판매장이 아니기 때문이다. 일본에서 그 셔츠 가게의 이름을 말해 봤자 아무도 모른다. 일반인뿐 아니라 스타일리스트들도 모른다. "어, 몰라요?"라고 중얼거리며, 나는 은밀한 기쁨을 느낀다.

처음은 로마의 셔츠 가게였다. 내가 로마에 자주 가기 시작한 것은 나카타 히데토시 선수가 페루자에서 로마로 이적해서다. 그전에는 당연히 페루자에만 갔다. 나카타 선수는 페루자에서처럼 로마에서도 좋은 호텔을 소개해 주었다. 현지

19

에 사니 누구보다, 어떤 가이드북보다 잘 안다. 새로 생긴 평판 좋은 호텔이 있는데 가 보실래요, 하고 세 번째 로마 방문 전에 그가 말했다. 당연히 나는 그 호텔에 묵기로 했다.

스페인 광장에서 포폴로 광장을 향해 10분 정도 걸어가면 보이는 그 호텔에는 훌륭한 정원이 있었고, 자쿠지나 스팀 사우나 등 편의 시설도 알찼다. 외부 경관은 클래식하고 실내는 포스트모던한 영국계 최첨단 호텔이었다. 나는 그 호텔이 마음에 들었다. 인터넷 접속도 완벽하고, 무엇보다 계단식으로 정비한 정원이 훌륭했다. 스페인 광장과 포폴로 광장 사이에 있어서 쇼핑하기에도 편리했다.

'쇼핑하기에 편리하다.' 호텔을 고를 때 이만큼 마음을 흔드는 문구가 있을까. 20세기가 끝나 가는 2000년 말, 나는 텔레비전 녹화 건으로 당시 열아홉 살인 신인 여배우와 함께 로마를 찾았다. 유적지에서는 부녀로 오인받아 화가 나기도 했지만, 열아홉 살짜리 여배우와 함께 로마를 즐기는 것은 그야말로 짜릿했다.

나카타 선수가 소개해 준 맛있는 레스토랑에서 식사를 하고, 콜로세움과 시스티나 성당에 들른 다음 쇼핑을 했다. 셔츠 가게를 발견한 것도 그때였다. 코스튬내셔널이나 발렌티노 등 명품 판매장을 돌다가 좁은 골목에서 그 셔츠 가게를 발견했다. 그 가게를 밖에서 처음 보았을 때, 나는 단골이 될 운명이라는 예감이 들었다. 그리고 그 말을 신인 여배우에게 했더니, 그녀는 "하지만 손님이 하나도 없는데요."라고 말했다.

그 가게는 언제 가도 손님이 없다. 가게에는 셔츠와 넥타이와 약간의 스웨터뿐이다. 세 명의 점원은 어째선지 물건 팔 생각이 전연 없어 보였다. 치수를 말하고, 다른 셔츠도 보여 달라고 했더니 그제야 이런저런 셔츠를 내놓았다. 그러나 팔고 있는 셔츠의 품질은 탄식이 나올 정도였다.

아이고. 생각하니 또 봄가을 셔츠를 사러 가고 싶어지네.

25분 동안 열세 장의 셔츠 사기

"그 셔츠 사서 다 뭐 합니까?" 밀라노나 로마나 파리에서 셔츠 가게에 동행한 사람은 꼭 그렇게 묻는다. 작년 4월 어느 비 오는 날, 나는 밀라노에 있었다. 전날에는 두오모가 보이는 호텔에서 나카타 선수와 대담을 하느라 셔츠 가게에 가지 못했다. 기껏 밀라노까지 왔는데 셔츠 가게를 못 가다니. 초조함에 그날은 아침부터 단단히 마음을 먹었다.

동행자에게 오늘은 택시를 대절해 달라고 부탁했다. 동행자는 밀라노가 처음은 아니었지만, 몬테 나폴레오네라는 쇼핑가에서는 택시를 잡을 수 없느냐고 물었다. 당신은 아무것도 모르는군, 하고 나는 알려 주었다.

"밖을 봐. 비가 오지. 이런 날은 그만큼 택시 잡기가 힘들어. 브랜드 로고가 찍힌 커다란 쇼핑 가방을 양손에 들고 어슬렁거리는 것만큼 꼴불견도 없지. 세계적인 쇼핑 명소인 몬테 나폴레오네 거리에서 택시 잡을 생각을 하다니, 당신은 너무 안이해. 현대 귀족은 대절 택시로 쇼핑을 한다고."

그렇게 해서 우리는 메르세데스 벤츠를 타고 쇼핑을 하러 갔다. 호텔에서 몬테 나폴레오네 거리까지는 10여 분 걸렸다. 당연히 제일 먼저 셔츠 가게로 향했다. 하지만 오전 10시, 유명 명품 판매장은 열려 있었는데 정작 내 단골은 문을 열지 않았다. 다른 가게를 보기로 했다. 동행자가 와인 잔을 사고 싶어 해서 나도 같이 보러 갔다. 그 가게는 베네치안 유리잔이 주류였지만, 바카라나 보헤미아, 앤티크도 있었고, 게다가 세일 중이었다. 동행자는 부르고뉴의 레드 와인용 잔을 여섯 개산 게 전부인데, 나는 다양한 종류의 와인 잔과 샴페인 잔, 네개의 크리스탈 디캔터와 두 개의 와인 쿨러를 포함해서 모두쉰여섯 가지나 사 버렸다. 결국 종이 상자가 세 개나 되는 어마어마한 양이 되어서, 들고 가는 것은 무리라 동행자의 몫까지 포함해서 배편으로 보내기로 했다.

유리그릇 가게에서 두 시간이나 쓰고, 셔츠 가게에 도착한 나는 셔츠를 사는 데 굶주려서 25분 동안 열세 장의 셔츠를 샀다. 동행자는 역시 그 대사를 말했다. "그 셔츠 사서 다뭐 합니까?" 물론 입지, 하고 나는 말했다. 일본 셔츠의 주류는 평범한 흰색이다. 또 몇 장만 있으면 충분하다고 생각하니까 여러 셔츠가 필요하다는 것을 이해하지 못하는 거라고 나는 설명했다. 동행자는 고개를 갸웃거리기만 할 뿐 이해하지 못했다.

동행자는 빈손으로, 나는 열세 장의 셔츠가 든 종이 가방을 들고 걸어서 1분 30초 거리에 주차해 놓은 대절 택시를 향해 걸었다. 비는 이미 옛날에 그쳤다. 게다가 대절 택시가 서있는 곳보다 더 가까이에 빈 택시가 줄지어 있었다. 택시 많은데요? 하고 동행자가 말했다. 나는 입을 다물었다.

넥타이와 셔츠 시뮬레이션

올해는 이런저런 일로 이탈리아에 못 갔다. 작년 11월에 갔지만, 2002~2003년 시즌은 그 한 번뿐이다. 이런 일은 나카타 선수가 이탈리아로 이적한 이후 처음이다. 해마다 적어도 봄가을에 두 번, 많을 때는 네 번도 간 적 있다. 봄가을에는 신상품 셔츠가 가게 앞에 진열된다. 물론 나야 나카타 선수의 경기를 보러 가지만, 신상품 셔츠를 사는 것도 대단한 즐거움이다. 새 셔츠를 볼 때마다 나카타 선수가 이탈리아로 이적하길 정말 잘했다고 생각한다.

당연하지만, 나카타는 나에게 이탈리아 셔츠를 사게 하려고 세리에 A팀을 선택한 게 아니다. 하지만 1998년 프랑스 월드컵이 끝난 뒤 나카타가 선택한 이적지가 이탈리아가 아니라 영국이나 스페인이었다면 내가 셔츠에 눈뜨는 일도, 밀라노나 로마의 셔츠 가게에서 행복한 시간을 보내는 일도 없었을 것이다. 최근 3, 4년, 나카타는 나를 볼 때마다 "류 씨, 또 셔츠를 이렇게 많이 샀네요."라고 한다. 식사 중 이적 이야기가 나오면 나는 "어딜 가든 응원하러 가겠지만, 되도록 밀라노나 로마와 가까웠으면 좋겠어."라고 무책임한 소리를 한다. 나카타 선수는 그냥 실소한다.

봄가을에 살 만한 이탈리아 쇼핑 목록은 물론 셔츠뿐만이 아니다. 모든 패션 신상품이 그 시기에 나온다. 그중에서도 기대되는 것은 넥타이다. 스물네 살 때 《군조》라는 문예지에서 신인상을 받아 시상식에 갈 때, 나는 태어나서 처음 넥타이라는 것을 맸다. 그것도 내 넥타이가 아니라 그 무렵 사귀던 지금 아내의 오빠 넥타이를 빌렸다. 그때껏 넥타이와는 전혀 인연이 없었다. 십 대에는 히피여서 넥타이를 하는 인간은 전부 머리가 돌았다고 생각했다. 지금은 다르다. 종종 넥타이를 매고 슈트나 재킷을 입는다. 넥타이를 좋아해서가 아니라 셔츠를 위해 넥타이를 맨다.

이탈리아 셔츠는 대부분 블루 계통의 스트라이프나 체크여서 넥타이를 고르는 일이 즐겁다. 흰색 셔츠라면 어떤 넥타이든 어울리겠지만, 내가 가진 셔츠는 아니다. 블루 스트라이프 선의 굵기나 색의 진하기에 맞춰서 이것뿐이다 싶은 넥타이를 골라야 한다. 그래서 넥타이 자체의 색과 무늬가 마음에 들어서 고르지는 않는다. '이건 그 셔츠에 어울리겠는걸.' 하고 셔츠와의 조화를 생각해서 고른다. 좋아하는 브랜드는 에트로, 이탈리아에 갈 때 밀라노 공항 매장에서 넥타이 고르는 일이 가장 즐겁다.

기본은 '블루 셔츠에 블루 계통의 넥타이'지만, 조화의 가능성은 '얌전하고 무난'에서 '자칫 최악의 조화일 뻔했으나 간신히 세이프'까지 여러 가지다. 아침에 일어나면 먼저 침실 옷장에서 셔츠를 꺼내 이런저런 넥타이와 조화를 시도하는 것이 일과가 됐다. 셔츠와 넥타이를 맞춰 본 다음 슈트를 맞춰

본다. 그런 나를 '이 인간 뭐 하는 거야, 바보 아냐?' 하는 표정
으로 고양이가 보고 있지만, 너는 이 즐거움을 모를 거다, 중
얼거리면서 넥타이와 셔츠의 시뮬레이션을 계속한다.

귀찮거나 귀찮지 않거나

이번 시즌도 나카타 히데토시 선수의 이적이 화제였다. 나도 그와의 메일에서 몇 번 이적을 언급했다. 나는 매번 "2, 3년 더 세리에 A에서 뛰어도 되지 않을까."라고 말했다. 하지만 축구 선수 나카타의 적성을 생각해서가 아니라, 밀라노와 로마의 셔츠 가게에서 쇼핑하고 싶은 속내를 들켜서, 나카타는 최근 제대로 대꾸하지 않는다.

나카타가 잉글랜드나 스페인에 가도 유럽은 좁으니 별 문제 없지만, 셔츠를 사려고 밀라노나 로마까지 가는 건 어째 좀 그렇다. 어쩌면 셔츠를 사고 나카타의 경기를 보거나, 셔츠를 사고 나카타를 만나는 스케줄이 완전히 몸에 뱄는지도 모른다. 세리에 A 경기를 본다, 나카타를 만난다, 셔츠를 산다. 이 세 가지를 몸과 마음이 세트로 기억하나 보다.

유럽 중에서 나는 파리를 허브 도시로 삼고 있다. 파리를 경유지 삼아 여러 도시와 나라에 가서 일을 하고 사람을 만난 뒤, 또 파리로 돌아와 1, 2박 한 뒤 귀국한다. 다른 사람에게 물어보니 기점이 런던인 사람도 있고, 프랑크푸르트나 암스

테르담이나 제네바인 사람도 있었다. 아무리 스페인이 좋아도, 지리적으로 남쪽의 마드리드를 허브로 삼는 것은 합리적이지 않다.

프랑스어를 하나도 못 하면서 내가 파리를 허브로 삼는 이유는 유럽에서 내 책이 가장 많이 번역된 나라가 프랑스이기 때문이다. 아를에 있는 작은 출판사에서 주로 출간하는데 사장과 친구다. 나는 파리에서 대부분 같은 호텔에 머문다. 호텔 가까이에 근사한 포므롤 와인이 있는 베트남 요리 가게가 있다. 그리고 걸어서 몇 분인 곳에 아주 질 좋은 셔츠 전문점이 있다. 나카타가 잉글랜드나 스페인 리그로 이적한다면 나는 파리의 그 가게에서만 셔츠를 살 것이다. 굳이 밀라노나 로마까지 안 가도 된다.

나는 일로 도내 호텔에서 2박 할 때도 셔츠를 예닐곱 장은 가져간다. 어차피 다 입지도 못하잖아, 하는 친구의 조언도 무시한다. 내게 셔츠는 '입어야만 하는' 것이 아니라 '입고 즐기는' 것이어서, '고른다'는 행위가 따라야 한다. 물론 귀찮은 일일지 모른다. 귀찮은가 안 귀찮은가는 내게 거의 선택의 기준이 되어 버렸다. 소설을 쓰는 몹시 귀찮은 일을 하는 주제에 정말 웃기다고 생각하지만, 나도 어쩔 수 없다.

궐련을 위한 여러 가지 도구

셔츠 말고 종종 쇼핑하는 물건은 시가 세트다. 시가 세트만 파는 가게는 별로 없다. 참고로 시가 세트란 시가, 즉 궐련을 위한 여러 가지 도구다. 시가 커터, 케이스, 전용 라이터, 전용 재떨이, 시가를 담아 두는 휴미더라는 특별한 케이스 등을 가리킨다.

시가 세트를 파는 가게에는 반드시 다른 상품도 진열해 놓는다. 특별히 정해진 건 아니지만 상품은 대체로 남성용이다. 밀라노의 몬테 나폴레오네, 내가 좋아하는 셔츠 가게와 같은 거리에도 시가 세트를 파는 가게가 있는데, 그곳에서는 남성용 여행용품 세트와 나이프를 판다. 1998년 프랑스·월드컵 때 리옹에 오래 머물렀는데, 그곳에 있는 듀퐁 시가 세트 가게에서는 가죽 제품을 팔았다. 파리의 뤼드박에도 시가 세트를 파는 가게가 있다. 그곳은 남성용 우산과 화장품과 면도 용품을 팔았다.

공통적인 특징은 여성 손님이 거의 없다는 것이다. 남성용 여행 용품 세트라고 하면 이미지를 상상하기 어려울지 모르겠지만, 내용물에 아주 충실하다. 손톱깎이, 면도기, 칫솔 등을 넣은 가죽 케이스가 몇십 종류나 유리 진열장에 나란히 놓여 있다. 이제껏 본 적 없는 오리지널 셰이빙 크림과 애프터셰이브 로션이 진열될 때도 있다.

밀라노 가게의 나이프 진열은 상당히 마니아스럽다. 무엇에 쓰는지 그 용도가 불확실한 미니추어 접이식 나이프부터 수천 유로나 되는 상아 손잡이가 달린 수제 나이프, 거기에 앤티크 단도나 마치 자토이치(일본의 맹인 검객 — 옮긴이)가 사용하던 것 같은 지팡이 칼까지 온갖 종류가 다 있다. 이런 칼을 대체 누가 사는지 궁금하다.

나는 시가 커터와 케이스를 종종 산다. 작년에 밀라노에서 이건 신제품이라며 점원이 원형의 아름다운 커터를 보여 주었다. 상당히 고가였지만, 점원이 "어제 베를루스코니의 비서가 이것과 똑같은 것을 사 갔다."고 했다. 베를루스코니는 AC밀란의 구단주이자 현재 이탈리아의 총리다. AC밀란은 좋아하지만, 베를루스코니의 정치 태도는 별로다. 그렇게 말했더니, 점원은 빙그레 웃으며 "밀란에서 누구 팬이냐?"라고 물었다. 나는 루이 코스타라고 대답했다. 그러자 점원은 "어제 루이 코스타가 와서 이것과 똑같은 것을 샀다."고 했다. 이탈리아인은 어째서 이렇게 능청스러울까 생각하면서 나는 결국 영업 술수에 넘어가 커터를 사 버렸다.

그 후 일본에 돌아와서 깜짝 놀랐다. 외국 뉴스를 보는데 베를루스코니가 정말로 내가 산 것과 똑같은 커터를 사용했다. 루이 코스타가 있는 팀의 구단주이니 괜찮아, 하고 나는 그 커터를 애용하게 됐다. 아마 루이 코스타가 커터를 샀다는 건 거짓말이겠지만, 이탈리아 남자의 거짓말은 인생을 즐겁게 해 준다. 죄가 없다.

착용감이 좋은 속옷

이탈리아 사람은 어째서 블루 계통의 셔츠를 좋아할까. 로마에 있는, 캐주얼한 셔츠를 파는 가게의 주인에게 물어본 적이 있다. 그러자 주인은 블루 계통의 셔츠를 몇 장 꺼내 늘어놓고, 또 넥타이 몇 개를 꺼내더니 블루 계통 셔츠가 어떤 넥타이에나 잘 어울린다는 것을 증명해 보였다. "노란색과 오렌지, 핑크와 검은색 셔츠에 어울리는 넥타이를 찾기 어렵잖아요? 그래서 우리 이탈리아 사람은 블루 계통의 셔츠를 입어요."라고 주인은 말했다. 하지만 그 가게에서는 노란색과 핑크와 검은색 셔츠도 팔고 있었다. 그걸 지적하자, 주인은 "이런 셔츠는 외국인이 산다."라고 해맑은 얼굴로 대답했다.

이탈리아 국가 대표 축구팀을 '아주리'라고 부른다. 파랑이라는 뜻으로, 그들의 블루 유니폼에서 유래한다. 그래서 나는 원래 이탈리아 사람은 파란색을 좋아하고, 그래서 셔츠 색도 블루 계통이라고 생각했다. 하지만 축구 국가 대표의 유니폼과 이탈리아 남자가 블루 계통 셔츠를 입는 것과는 별 상관이 없나 보다. 몇 명의 이탈리아 친구에게 확인했지만, 대부분 어떤 넥타이든 어울린다는 '합리적'인 이유 때문이라는 것이다.

그러면 흰색 셔츠는 왜 안 되나. 너무 평범해서 싫단다. 결혼식이나 중요한 식사 자리에는 흰색 셔츠를 갖춰 입는 것 같다. 요컨대 이탈리아 남자들은 종교적으로, 혹은 문화적으로 깊은 의미가 있어서 블루 계통 셔츠를 입는 게 아니다. 여러 색 넥타이에 어울리고, 게다가 평범하지 않으면서 매우 합리적이고 이해하기 쉬운 블루 계통 셔츠를 패션의 기본으로 한다.

그런데 내가 가장 좋아하는 밀라노 몬테 나폴레오네에 있는 작은 셔츠 가게에서는 셔츠 외에 넥타이, 스웨터류와 파자마, 그리고 트렁크와 티셔츠도 판다. 나는 그 가게의 트렁크를 애용하는데, 지금까지 그렇게 착용감 좋은 속옷을 입은 적이 없다. 어떤 이유로 삼십 대가 된 이후 브리프를 끊고 트렁크를 이용하게 됐다. 그 이후 실크 트렁크 등 여러 시도를 해봤지만, 실크는 감촉이 서늘하고 빨면 흐물흐물해져서 별로였다.

속는 셈 치고 이 트렁크를 사 봐. 나는 같이 쇼핑하러 간 일본인 친구에게 곧잘 권한다. 여성인 경우, 아버지나 애인에게 선물로 사 가면 좋아요, 하고 권한다. 그 트렁크는 한 장에 사십 유로 정도로, 기념 선물로는 적당한 가격이다. 착용감이 좋고 그 훌륭한 감촉은 빨래를 거듭해도 사라지지 않는다. 게다가 셔츠와 마찬가지로 블루 계통의 다양한 무늬가 구비되어 있다. 이 트렁크와 셔츠 무늬를 맞추면 좋지 않을까, 셔츠 가게 여주인에게 물어본 적이 있는데, 그녀는 그럴 필요는 없다고 말했다.

"특별한 경우를 제외하고는 본인 말고 아무도 보지 않잖아요?"

맞는 말이다. 이탈리아 패션의 기본은 '합리성'에 있다는
걸 통감했다.

유일무이한 티셔츠

작년 봄, 밀라노의 몬테 나폴레오네에 있는 단골 셔츠 가게에서 셔츠 예닐곱 장과 넥타이 세 개, 그리고 여름 스웨터 두 장과 트렁크 여섯 장 정도를 샀다. 다 사고 난 뒤, 여주인이 신제품이라며 반소매 티셔츠를 보여 주었다. 셔츠 아래 입기에 좋답니다, 하고 덧붙이며. 정말 촉감이 뛰어나서 나는 적당히 고른 다음 "데츠 올 체크 플리즈."라고 했다. 여주인이 계산기에 가격을 찍어 프린트해서 내게 보여 주었다. 그 가게의 셔츠나 여름 스웨터 가격은 대충 파악하고 있어서 합치면 1500유로 정도일 거라고 예상했다.

그런데 청구액은 3000유로가 넘었다. 예상한 가격의 거의 두 배였다. 셔츠 가게에서 40만 엔 가까이 쇼핑을 하다니, 내가 미친 것 아닌가 하는 생각이 먼저 들었고, 그다음 바가지를 쓴 게 아닌가 생각했다. 그런 상상은 하고 싶지 않지만, 뜨내기 손님인 줄 알고 옴팡 뒤집어씌운 거라는 의심이 잠시 들었다. 게다가 잠시나마 그런 의심을 한 것에 자기혐오마저 들었다. 제일 좋아하는 셔츠 가게 여주인에게 "바가지 씌웠죠?"

라고 물을 수도 없고, 떨리는 손으로 신용카드를 꺼내 계산했지만 호텔로 돌아오는 발걸음은 내내 무거웠다.

　호텔 방에 돌아와 몇 번이나 청구서를 보며 단위가 틀린 게 아닌지 확인하고는 한숨을 쉬었다. 대체 뭐가 비쌌던 거지, 셔츠 값이 올랐나. 투덜거리면서 청구서 내역을 자세히 보다 아연실색했다. 원인은 티셔츠였다. 놀랍게도 그 반소매 티셔츠는 트렁크보다 비싼 것은 물론, 넥타이나 셔츠보다 비싸서 가격이 무려 150유로였다. 새삼스레 세어 보니 그 150유로짜리 티셔츠를 회색, 검은색, 파란색 등 열한 장이나 샀다. 티셔츠만 20만 엔 가까이 산 것이다. 그 가게 셔츠의 품질이 얼마나 뛰어난데 그보다 비싼 티셔츠라니 대체 뭐지, 어쨌든 잠옷 대용으로 쓰진 못하겠다고 생각했다.

　일본에 돌아와 슈트를 맞추는 단골 양복점에 가서 그 티셔츠 이야기를 했다. 친구인 주인이 꼭 보고 싶다고 해서 셔츠를 걷고 보여 주었다. 손가락으로 비벼 보며 섬세함을 확인한 그는 "이건 지금까지 본 적도 없는 최고급 면이네."라고 했다.

　"이런 소재로 티셔츠를 만들다니, 이탈리아 사람들 역시 대단해."

　그럼 이걸 산 나는 잘못한 게 없네, 라고 묻자, "열한 장이나 산 건 좀 그렇지만, 어쨌든 이건 유일무이한 티셔츠야."라고 주인이 대답했다. 그 후 나는 이 티셔츠를 완전히 특별 대우하고 있다. 옷장도 따로, 빨래도 따로, 말리는 것도 따로. 아무리 고주망태가 된 날 밤이어도 티셔츠만큼은 꼭 벗고 잠옷으로 갈아입는다.

셔츠를 입고 넥타이를 맬 기회

아침에 일어나면 침실 내 옷장에 있는 슈트 재킷과 셔츠와 넥타이를 맞춰 보는 것이 즐거움이라고 앞에 썼다. 하지만 나는 기본적으로 집에서 일한다. 요컨대 슈트와 셔츠와 넥타이를 골라서 그걸 그대로 입고 회사에 가는 생활이 아니다. 20분 정도 음, 이 셔츠에는 이 넥타이가 절대 어울리지 않아, 하면서 색깔을 맞춰 본다. 그다음 여름에는 반바지, 겨울에는 트레이닝복을 입고 복근 훈련을 한 뒤 개와 산책하러 나간다.

한 달에 서너 번꼴로 시내 호텔에 머물며 취재나 인터뷰를 하는데, 슈트나 넥타이가 필요한 것은 대개 그때뿐이다.

"류 씨는 셔츠가 1000장 정도 있지 않아요?"

친한 편집자는 그렇게 말하지만, 셔츠를 1000장이나 갖고 있을 리 없다.

"류 씨는 에트로 넥타이만 500개 정도 갖고 있죠?"

친한 편집자는 그런 말도 하지만, 넥타이를 500개나 갖고 있을 리 없다. 확실히 많긴 하다. 편집자나 샐러리맨들이 평균적으로 가진 것보다 훨씬 많을지 모른다. 다만 이렇게 많은 셔츠와 넥타이를 가졌으면서 이렇게 입을 기회가 없는 인간은 세계에서도 드물 것이다.

특히 집중해서 소설을 쓸 때는 외출도 거의 하지 않아 매일 아침 셔츠와 넥타이와 슈트를 맞추는 의식이 허무하게 느껴질 때가 있다. '나는 대체 뭘 하는 거지, 이럴 시간에 원고나 한 줄 더 쓰는 게 낫지 않나.' 그럴 때는 참으로 전략적이지 않은 생각에 휩싸인다. 어떻게 하면 이 셔츠와 넥타이를 입을 기회를 만들까 고민하다 문득 '그래, 뉴스에 출연하는 거야.' 이런 생각을 떠올리고, 바로 지인에게, 이를테면 광고 에이전시에 있는 친구에게 전화를 건다.

"부정기적이어도 좋고 경제 코너여도 좋으니 밤의 뉴스쇼 같은 데 나갈 수 없을까."

"그렇게 텔레비전에 나가기 싫다더니 갑자기 어쩐 일이야?"

셔츠를 입고 넥타이를 매고 싶어서라는 말은 차마 할 수 없다.

"아니, 요즘 언론의 문맥이 이상하다고 내가 늘 말했잖아? 그래서 비판만 할 게 아니라 제대로 실천할까 해서."

"그런 거라면 관심을 보이는 곳이 있을 거야. 몇 군데 얘기해 볼까? 그런데 나중에 충동적으로 한 말이라고, 아무래도 안 되겠다고 거절하면 내가 곤란해져."

그래서 나는 입을 다물었다. 친구는 역시 변덕이라는 걸 알고 이런저런 얘기를 하다 전화를 끊었다. 나는 한숨을 쉬었다. 엄청나게 많은 셔츠와 넥타이를 바라보며, 이것으로 또 너희를 살릴 기회를 잃었구나. 중얼거리며 트레이닝복을 입고 개를 데리고 산책을 나갔다.

볼로냐의 고기 어묵

나카타 선수가 파르마에서 볼로냐로 임대 이적했다. 볼로냐 하면 주세페 시뇨리와 고기 어묵과 구두로 유명하다. 주세페 시뇨리는 로베르토 바조와 나란히 이탈리아 축구사에 찬란히 빛날 명선수다. 1994년 미국 월드컵에서 이탈리아를 결승전까지 끌고 간 비결은 당시 대표 팀의 감독이던 아리고 사키의 '압박 축구'가 아니라, 바조와 시뇨리라는 걸출한 두 선수의 개인기와 팀워크였다.

아리고 사키 감독은 현재 파르마에서 테크니컬 디렉터라는 모호한 일을 하고 있는데, 창조력이 풍부하고 개성 있는 선수를 싫어하는 성격의 소유자다. 그가 감독인 당시 현 라치오 감독인 로베르토 만치니라는 천재적인 판타지스타가 뛰고 있었지만, 현역 시절 이탈리아 국가 대표 팀에 뽑힌 적은 없었다. 사키가 만치니를 싫어했고, 만치니도 사키 감독이 이끄는 국가 대표 팀을 거부했다고 한다.

1994년 미국 월드컵에서 이탈리아는 예선부터 고전했다. 바조도 시뇨리도 막 끝난 리그전의 피로가 남아 부진한 상황이었다. 사키는 경기에 따라 그 에이스 두 명을 선발에서 제외하기도 했다. 간신히 결승에 진출한 이탈리아지만, 전반전에서 나이지리아에 질 것 같았다. 그런데 후반까지 1점을 뒤지다 바조와 시뇨리 콤비가 두 골을 넣어 간신히 나이지리아를 이겼다. 그 경기는 영원히 내 기억에 남을 것 같다. 바조도 시뇨리도 작은 체구에 딱히 발이 빠른 것도 아니고, 엄청난 킥력이 있는 것도 아니다. 하지만 두 선수는 '내가 바로 축구 선수다.' 싶은 무언가를 갖고 있다.

아, 안 되겠다. 시뇨리 얘기를 시작하니 끝이 없다. 다음으로 넘어가자. 고기 어묵은 정식 요리 이름은 아니지만, 볼로냐 중심가에 있는 유명한 레스토랑 '디아나(DIANA)'의 대표 메뉴다. 자세히는 모르지만 볼로냐 요리일 것이다. 어묵 냄비처럼 칸막이가 있는 편편한 스테인리스 냄비에 여러 가지 고기를 덩어리째 넣은 뒤 특제 국물로 가볍게 졸이는 단순한 요리다. 웨건에 싣고 온 고기 중 원하는 종류를 고르면 담당 종업원이 덜그럭덜그럭 손잡이를 돌려서 고기를 국물 위로 뜨게 해 꺼낸 다음, 먹고 싶은 만큼 잘라서 접시에 담아 준다. 어묵 냄비에는 통째로 들어간 닭 한 마리, 소시지, 우설, 돼지 뒷다리살, 아롱사태 등이 들어 있다. 국물 맛이 잘 밴 고기를 홀그레인 머스터드에 찍어 그대로 먹는다. 정말 맛있다.

1988년 이몰라 서킷에서 열린 F1 그랑프리를 보러 갔을 때 그 고기 어묵을 처음 먹었다. 1988년은 드라이버 알랭 프로스트와 세상을 떠난 천재 드라이버 아일톤 세나가 속했던 맥라렌 혼다 팀이 거의 완전 우승을 장식한 해다. 프로스트와 세나는 귀신처럼 코너를 돌아 혼다의 엔진과 맥라렌의 섀시라고 믿을 수 없을 정도로 빨리 안정을 되찾았다. 나는 이몰라에서 예선을 본 뒤, 세계 최고(最古)의 대학이 있다는 볼로냐에 가 보고 싶어서 우선 양복점에 가서 재킷을 샀다. 그리고 게이 점원에게 그 고기 어묵이 있는 레스토랑 정보를 물었다. 세련되고 맛있는 레스토랑을 알려면 고급 양복점의 게이 점원에게 묻는 것이 제일이다. 볼로냐 특집은 다음 페이지에 계속.

볼로냐 — 이탈리아

볼로냐의 구두 가게

볼로냐 하면 구두지만 정말 이탈리아 구두가 일본인 발에 잘 맞는지는 의문이다. 발 모양에 맞춰서 주문 제작해 주는 브랜드도 있지만, 결론부터 말하면 이탈리아 구두는 일본인 발에 맞지 않는다. 그런데 왜 이탈리아 구두를 사느냐면 멋있어서다. 전에는 영국 구두를 샀다. 영국에 갈 기회가 많아서는 아니고, 파리 뤼드박에 있는 숙소 바로 옆에 영국 구두를 파는 가게가 있었다. 정통적인 끈 달린 단화가 많았는데, 그 가게에서 산 몇 켤레의 구두는 지금도 잘 신고 다닌다.

나는 구두를 깔끔하게 보관하는 성격이 아니어서 사 온 구두는 전부 현관 신발장에 아무렇게나 넣어 둔다. 그래도 모양이 흐트러지지 않고, 바느질이 뜯어지는 일도 없고, 물론 파손되는 일도 없다.

이탈리아 구두는 기본적으로 가죽이 부드럽고 영국제보다 신기 쉽다. 하지만 대부분 일본인 발폭보다 좁게 만들어져서 주의하지 않으면 고생한다. 5년 전, 나카타가 이탈리아 축구협회 창립 100주년 기념으로 열린 '이탈리아 국가 대표 팀'

대 '세계 올스타 팀' 경기에 나가기 위해 페루자에서 로마로 갈 때 나도 그 경기를 보러 갔었다. 경기 전 스페인 광장 옆에 있는 프라다를 들여다보았더니, 일본인 쇼핑객에게 점령당한 느낌이었다. 들어가기가 망설여졌지만 기왕 온 김에 들어갔다. 이탈리아나 프랑스의 유명 명품 매장에 온 일본인 쇼핑객은 정말로 기합이 대단하다. 그토록 기백 넘치는 일본인은 다른 곳에선 여간해서 볼 수 없다. 그 기백에 등 떠밀리듯 살 생각도 없었던 가방과 구두를 사 버렸다. 디키즈 같은 캐주얼한 프라다 스포츠 구두였는데 신으면 발이 편할 것 같았다. 가게 안 일본인 쇼핑객 때문에 혼이 나가서 제대로 신어 보지도 않고 샀다.

페루자의 호텔로 돌아온 다음 날 아침, 새 구두를 신고 페루자 첸트로를 산책하려고 콧노래를 부르며 밖에 나갔다. 그러나 40초쯤 걸었을 때 발등이 아파서 그 자리에 주저앉고 싶었다. 이 구두는 이제 못 신겠구나, 생각하니 분하고 슬펐다. 그 후 나는 그 사건을 교훈 삼아 이탈리아에서 구두를 살 때는 반드시 양쪽 다 신고 최소 10분은 가게 안을 돌아다닌다.

당연히 점원은 싫은 표정을 짓는다. 하지만 절대로 타협해서는 안 된다. 타협하고 가게 안에서 걸어 보지 않으면 평생 후회하기 십상이다. 볼로냐의 구두 가게는 편집숍이 많다. 나는 이탈리아에서 끈 달린 단화는 사지 않는다. 주로 신발 옆에 고무나 지퍼가 달린 부츠를 산다. 앞서 소개한 '고기 어묵'이 있는 가게와 같은 거리에 할머니와 딸인 듯한 아주머니가 운영하는 구두 가게가 있는데, 항상 그곳에 들러 구두를 산다. 바보처럼 서너 켤레씩 사기 때문에 할머니는 내가 가게 안을 아무리 걸어 다녀도 벙글벙글 웃으며 아무 불평도 하지 않는

다. 시착하는 동안 한 켤레 더 가져와서 이것도 좋은데, 하고 보여 주기도 한다. 세 켤레 살 때는 약 30분 동안 가게 안을 걷는다. 주인 할머니는 이 녀석은 분명히 산다는 확신에 찬 눈으로, 내가 걷는 모습을 아주 즐거운 듯이 바라본다.

바로 그 이탈리아 셔츠

1년 넘게 이탈리아에 가지 못했다. 셔츠와 트렁크는 아직 재고가 있긴 하지만, 이탈리아에서 쇼핑을 한참 못 했다. 작년부터 『13세의 헬로 워크』라는 어린이를 위한 직업 소개 그림책을 만들고 있는데, 제작 기간이 예정보다 반년 이상 늘어났다. 게다가 후속 작업으로 곧바로 소설을 쓰기 시작해 이탈리아에 갈 시간적 여유도, 나카타 히데토시가 출장하는 일본 대표 팀 경기를 경기장에서 볼 여유도 잃었다.

이 에세이의 영향으로 "무라카미 류 씨세요? 그럼 이게 바로 그 이탈리아 셔츠인가요?"라는 말을 종종 듣는다. '바로 그'는 이 에세이에서 쓴 셔츠냐는 의미다. 그럴 때 "네, 맞아요."라고 대답하지만, 과연 이게 좋은 셔츠인지 알아봤을까, 싶어 조금 불안해진다. 자세히 보지 않으면 미묘한 질감이나 색, 디자인, 재봉 상태를 모르기 때문이다. 겉보기에는 발렌티노나 베르사체처럼 그야말로 이탈리아 제품이라는 느낌이 안 들고 수수하다.

입고 있는 사람이야 다른 옷과 착용감이 완전히 다르기

때문에 그 소재의 훌륭함을 안다. 하지만 얼핏 보기만 해서는 좋은 셔츠인지 잘 모르니까, 에세이에서 자화자찬한 것에 비해 사람들이 별것 아니라고 생각할지도 모른다. 자세히 보면 소매와 등과 어깨 주름까지 독특하다는 것을 알 수 있지만, 그냥 보면 지극히 평범한 셔츠라 최근 잡지에 나오는 '이탈리아 아저씨의 섹시한 패션' 류의 면모는 전혀 없다.

하지만 중년 남성을 대상으로 하는 잡지에서 흔히 보는 이탈리아 아저씨 패션을 현지 이탈리아에서는 볼 수 없다. 평범한 이탈리아 아저씨들은 절대 화려한 무늬의 셔츠를 입지 않고, 실크 같은 소재도 쓰지 않는다. 개인적인 경험을 말하자면, 발렌티노나 베르사체 매장에서 쇼핑하는 사람은 외국인 부자 아저씨들이다.

생각해 보면 당연한 일이다. 이를테면 이탈리아의 택시 운전사가 일본으로 치면 대형 할인점 이토요카도 같은 데서 셔츠를 사도 메이드 인 이탈리아다. 이 책에 거듭 썼지만, 이탈리아에서는 작은 도시에도 셔츠 가게가 있고, 로마나 밀라노 같은 대도시 상점가에는 그야말로 한 블록에 한 집꼴로 셔츠 전문점이 있다.

셔츠는 이탈리아 남자에게는 멋을 내기 위한 것이라기보다 진정한 일상복이므로 입어서 편하고, 정통적인 스타일을 선호한다. 그리고 착용감은 티가 안 나니 "메이드 인 이탈리아 셔츠를 입었어요."를 주장하고 싶은 외국인은 화려한 브랜드의 셔츠를 고른다.

개인적인 생각이지만, 독특한 디자인과 화려한 색과 무늬의 셔츠는 정말 부끄럽다. 착용감보다 과시를 우선하기 때문이다. 이탈리아 남자들은 옛날 일본 아저씨들이 잠방이를 입는 느낌으로 셔츠를 입는다. 화려한 잠방이를 입는 사람은 별로 없다.

피아지오의 자전거 바이크

이탈리아에서 쇼핑에 눈을 뜬 곳은 페루자였다. 나카타 히데토시 선수의 첫 소속 팀이 있는 도시다. 지금은 이미 전설이 된 1998-1999 시즌의 개막전인 대(對)유벤투스전이 열리는 3일 동안, 정확히는 1998년 9월 10일에 나는 처음으로 페루자를 방문했다. 밀라노를 거쳐 밤 9시 넘어 로마에 도착했는데, 처음이라 페루자까지 어떻게 가야 하는지 몰랐다. 택시를 타면 되겠지, 간단히 생각하고 일단 택시 승강장에 가서 몇 명의 운전사와 흥정하여 결국 45만 리라로 낙찰을 보았다.

페루자는 로마와 피렌체의 거의 중간에 있는 도시로 로마에서는 북쪽으로 200킬로미터쯤 떨어져 있었다. 하지만 밤이라 차창 밖으로 아무것도 보이지 않았다. 나카타 선수가 가르쳐 준 페루자의 호텔에 도착하니 자정이 지나 있었다. 피곤해서 그냥 뻗었다. 다음 날 호텔 창으로 바깥을 내다본 나는 탄성을 질렀다. 호텔은 나지막한 언덕 위에 있어서 페루자 시내가 한눈에 들어왔고, 그 너머로 토스카나 산들이 보였다. 호텔은 첸트로라 부르는 구시가지 한복판에 있었는데, 분수가 있는 광장과 돌이 깔린 골목을 걸으면 마치 타임 슬립해서 중세로 흘러들어온 기분이 들었다. 광장 뒤편에는 몇 개의 편집숍이 있었다. 주로 프라다나 코스튬내셔널을 파는 가게와, 구찌와 아르마니와 발렌티노를 파는 가게에 갔다. 그랬더니 구찌와 아르마니와 발렌티노를 파는 가게의 체격 건장한 게이 점원은 멀리서 나를 발견하면 에도 시대의 술집 여자처럼 어서와, 어서 와요, 하고 불렀다.

두 가게에서 스웨터와 코트와 구두를 사기도 하고, CD 가게에 가서 마리아 칼라스의 아리아집을 사기도 했다. 하지만 처음 페루자에 머무는 동안 내가 산 가장 큰 쇼핑 품목은 뭐니뭐니 해도 피아지오의 자전거 바이크였다. 자전거 바이크란 페달이 달려서 일반 자전거로도 사용할 수 있는 원동기 부착 자전거다. 그런데 차체가 무거워서 자전거로 사용하는 사람은 거의 없다. 자전거 바이크를 살 생각을 한 것은 한 달이나 머물러야 하는데 이동 수단이 없어서였다. 나카타 선수의 사무실 직원에게 매일 차를 부탁하기도 미안했고, 호텔에서 경기장까지 거리가 꽤 돼 걷기도 무리였다.

물론 여행자는 바이크를 살 수 없어서 이탈리아에 사는 지인의 명의를 빌렸다. 그 바이크를 산 날은 지금도 생생히 기억난다. 빨간색 피아지오여서 헬멧도 빨간색으로 샀다. 이걸 타고 시내를 달리면 나도 이탈리안, 하고 같잖은 소리를 중얼거리기도 했다.

어느 비 오는 날, 호텔에서 나카타가 연습하는 경기장에 피아지오를 타고 갔다가 길을 잃고 말았다. 페루자 시내는 중세처럼 도로와 골목이 얽혀 있는 데다 일방통행 길이 많아서 이내 헤매게 된다. 비에 흠뻑 젖어서 평소에는 10분 걸리는 경기장까지 한 시간이나 걸려서 갔더니 연습도 끝나고, 빗속에서 나카타가 혼자 프리킥을 연습하고 있었다. 엄청난 비라 구경하는 사람은 나 말고 아무도 없었다. 나는 혼자 피아지오에 기대서 묵묵히 프리킥을 차는 나카타를 한참이나 바라보았다. 행복한 시간이었다.

드라이브인의 살라미 소시지

나카타 히데토시 선수가 페루자에 있을 때는 피렌체에 곧잘 갔다. 피렌체를 홈으로 하는 피오렌티나 팀과 페루자의 경기를 자주 보러 갔기 때문이다. 당시 피오렌티나는 세리에 A 팀에서 아르헨티나의 '폭격기' 가브리엘 바티스투타, 벨기에의 '갈색 탄환' 마르셀루 올리베이라, 브라질의 '초문제아'에 지문드, 그리고 포르투갈의 '판타지스타' 루이 코스타 등이 뛰고 있는 중견에 상당하는 팀이었다. 중견에 상당하다는 것은 우승은 무리지만 빅 팀에게도 충분히 이길 만한 저력을 갖고 있다는 의미다. 일찍이 로베르토 바조가 데뷔한 팀으로도 유명하다. 십 대에 데뷔한 이 천재는 스물두 살에 공전의 계약금을 받고 유벤투스로 스카우트됐다. 당시 피렌체 사람들은 복잡한 심정으로 바조를 토리노에 보냈다.

하지만 당시의 피오렌티나는 이제 어디에도 존재하지 않는다. 구단주 기업이 파산하여 팀은 팔렸고, 한때 세리에 C2까지 떨어지다, 현재(2003-2004)는 세리에 B에 소속해 있다. 물론 유명한 선수도 없다. 나는 피오렌티나 소속의 포르투갈

인 루이 코스타를 좋아했다. 나카타와 루이 코스타가 맞대결하는 게임을 이탈리아에서 다섯 경기 보았다. 지금 생각하면 감개무량하다. 루이 코스타 같은 선수는 당분간 나타나지 않을 것이다. 아마 나는 코스타와 나카타가 같은 경기장에서 경기하던 모습을 평생 못 잊을 것 같다.

페루자에서 피렌체까지는 고속도로로 약 2시간 거리지만, 중간에 항상 드라이브인에 들러서 가벼운 식사를 했다. 드라이브인에는 카페와 셀프서비스 레스토랑과 주유소와 작은 가게가 있었다. 레스토랑에는 그리 맛있지 않지만 그리 맛없지도 않은 요리가 널렸다. 와인 통에서 직접 먹고 싶은 만큼 따라 마시는 와인이 나름 맛있었다. 가게에는 도로 지도나 카세트, 티셔츠, 잡지, 담배, 감자칩 등 스낵 과자와 음료수, 그리고 어째선지 살라미 소시지가 놓여 있었다.

나는 꼭 살라미 소시지를 샀다. 처음 드라이브인의 살라미 소시지를 먹어 본 것은 1998년 프랑스 월드컵 때였다. 경기를 보고 다음 도시로 이동하면 밤늦게 도착하기 때문에 호텔에서 잠만 자는 일이 흔했다. 출출할 때 살라미 소시지와 빵과 그 지역 와인만 있으면 오케이였다. 게다가 드라이브인에서 파는 살라미는 뭐랄까, 일본으로 치자면 국숫집에서 파는 카레 같은 느낌으로 서민적인 맛이 났다. 시내 소시지 전문점에서 파는 살라미는 어딘지 모르게 고급스럽고, 염분이나 지방이 적었으며 겉에 흑후추나 허브를 뿌려 놓아 영 내 취향이 아니었다. 살라미와 보리된장은 서민적이어야 맛있다는 게 내 지론이다. 누군가 서유럽 살라미를 기념 선물로 사 가고 싶어 하면 나는 반드시 드라이브인의 살라미를 추천한다.

드라이브인에 차를 세우고, 살라미를 사면서 오늘은 어떤 경기가 될까 기대하면 가슴이 설렜다. 나카타와 루이 코스타가 벌이는 경기 생각에 마음은 이미 날개가 달린 것처럼 날아다녔다. 내게 드라이브인의 살라미는 흥분과 고양감과 행복을 상징한다.

반바지와 티셔츠와 슬리퍼

작년(2003년) 봄부터 『13세의 헬로 워크』라는 제목으로 어린이에게 직업을 소개하는 그림책을 만들기 시작했다. 완성하는 데 반년이 걸렸고, 그 뒤 바로 소설을 썼다. 앞서 말했지만, 나는 요즘 하코네에서 소설을 쓰고 있다. 온천만 있는 곳이라 소설 쓰는 것 말고는 할 일이 없어서 집필에 열중할 수 있다.

소설을 쓰는 것이 즐거운 작업은 아니지만 다른 일에서 얻을 수 없는 충실감이 있다. 그래서 아무도 안 만나고 대화도 안 하는 것이 그리 힘들지도 쓸쓸하지도 않다. 문제는 줄곧 평상복을 입고 지내야 한다는 사실이다. 나무와 회반죽 내장으로 지은 이 별장은 돔형으로 생겨서 거실 천장이 무섭도록 높다. 원고를 쓰는 지금은 7월 중순이지만 충분히 시원하다. 겨울에는 상당히 춥지만 마루 난방 시설을 해서 아주 쾌적하다. 문제는 이 별장의 쾌적한 정도가 아니라 내가 평상복 차림으로 소설을 쓴다는 사실이다. 요컨대 셔츠 입을 기회가 없고, 어쩌다 한 번이라도 슈트 입을 일이 없다. 지금도 꽤 시원해서 슈트를 입고 넥타이를 매도 날씨로는 아무 지장이 없지만, 굳이 슈트를 입고 집필하는 건 제정신으로 할 짓이 아니다. 그래서 나는 마우이에서 산 반바지와 로스앤젤레스 호텔 로고가 들어간 티셔츠를 입고 이 원고를 쓰고 있다.

사랑하는 셔츠들은 우리 집 셔츠 선반에 잠들어 있고, 슈트와 넥타이는 옷장 안에서 흔들거리고 있다. 20일 동안 하코네에서 글을 쓴 뒤, 일단 도쿄로 돌아가 취재를 하며 열흘 동안 보내고, 다시 하코네로 돌아오기를 이미 여섯 번 되풀이했다. 하코네로 돌아올 때는 평상복과 갈아입을 속옷과 막대한 자료와 허리 건강 기구를 차에 싣고, 당분간 입을 일 없는 셔츠와 슈트와 넥타이를 향해 그럼 다녀올게, 하고 속삭인 뒤 출발한다.

지금 입고 있는 반바지는 정말 편하다. 마우이 서쪽 끝 카팔루아에서 남동쪽으로 차로 15분 정도 달려간 곳에 있는(라하이나 바로 앞) 쇼핑몰 양품점에서 샀다. 양품점이란 말은 거의 사어가 되었지만, 그렇게 부를 수밖에 없는 가게라 어쩔 수 없다. 반바지는 대체로 거기서 산다. 맞은편 해양 스포츠용품점에서는 다이빙과 서핑용 세트를 판다. 그곳에서는 바디보드, 물갈퀴, 슈노르헬(잠수 중 사용하는 호흡 보조 기구 — 옮긴이), 수중 마스크 등을 산다. 트렁크형 수영복도 곧잘 산다. 품질도 디자인도 훌륭하다. 올봄에 갔을 때는 조개와 물고기와 산호가 그려 있어서 색깔별로 네 장 샀다. 어째서 넉 장이나 사느냐며 가게 점원도 놀랐지만, 나는 수영복을 잘 잃어버린다. 물론 수영하다 잃어버리는 건 아니다. 일본에서나 외국에서도 호텔에 가면 반드시 수영을 하기 때문에 어느 가방에 어떤 수영복을 넣었는지 못 찾기 일쑤다.

그러나 이곳 하코네에서는 수영할 기회도 없고, 당연히 셔츠나 슈트 입을 일도 없다. 이탈리아에서 산 구두를 신을 기회도 없다. 이 에세이를 다 쓰면 소설로 돌아갔다가, 그다음에 차를 타고 신문을 사러 나간다. 반바지와 티셔츠와 슬리퍼 차림이면 충분하다.

후쿠오카

면양말과 쿠바 무늬 알로하셔츠

새 소설을 집필하기 위해 또 하코네에 와 있다. 작년 11월
부터 이번이 일곱 번째 산속 생활이다. 첫 번째 하코네 칩거는
열흘간이었고, 그다음은 평균 스무 날 머물렀으니 지금까지
모두 110일 동안 하코네에서 소설을 쓴 셈이다. 내게는 전대
미문의 일이지만, 아직 집필 중이라 감개 따위는 없다. 작년에
쓴 『13세의 헬로 워크』와 이 소설 때문에 나카타 선수가 경기
하는 이탈리아에 못 갔다는 얘기를 앞에 썼다.

이탈리아에는 언제나 갈 수 있을까. 생각해 보면 이탈리
아에서 말고는 옷이나 구두를 별로 사지 않는다. 슈트나 재킷,
바지는 맞춤 제작하지만 그 외 다른 곳에서는 사지 않는다. 가
끔 지방에 취재하러 갔을 때 어쩔 수 없이 양말이나 티셔츠나
폴로셔츠를 사긴 한다. 지금 쓰는 소설의 주요 무대가 하카타
여서 지난 1년 동안 열다섯 차례 정도 하카타에 갔다. 하카타
에서는 엄청나게 많은 사람을 만나기 때문에 텐신 백화점 주
변에서 쇼핑할 시간이 없다. 숙소인 호텔 옆에 있는 쇼핑몰을
뛰듯이 돌며 부랴부랴 사야 한다.

8월 하우스텐보스에서 열린 쿠바 이벤트전의 경기 상대인 중국 비즈니스의 실태를 조사하기 위해 하카타에 갔을 때도 갈아 신을 양말을 잊어서 급히 찾아다녔다. 나는 정장 구두를 신을 때도 되도록 면양말을 신는다. 피부가 비치는 나일론 양말은 도무지 마음에 안 든다. 슈트용 끈 달린 가죽 구두는 발에 딱 맞아서 확실히 나일론제가 좋을지 모르지만, 마음에 안 드니 어쩔 수 없다. 나일론제 검은색과 감색 양말을 신으면 자기혐오에 가까운 기분을 느낀다.

그래서 자연스럽게 면양말이어도 괜찮은 비교적 스포티한 가죽 구두를 고르게 된다. 구체적으로 복숭아뼈 측면에 천고무가 덧대어 있는 것이 바람직하다. 신축성 있는 천 고무가 끼워져 있으면 요정이나 야키니쿠, 샤부샤부 같은 좌식 식당에서 식사한 뒤에도 구둣주걱 없이 구두를 신을 수 있다. 나는 구둣주걱으로 구두 신는 것도 싫어한다. 생리적으로 싫은 게 아니라 귀찮다. 좌식 방에서 어묵을 먹다가 지진이 나서 얼른 도망가야 할 상황에 구둣주걱을 사용하느냐 마느냐로 생사가 결정날 수도 있다. 그래서 나는 되도록 구둣주걱이 필요 없는 구두를 고른다.

구둣주걱이 필요 없는 구두는 면양말을 신어도 괜찮기 때문에 후쿠오카에서 나는 그런 구두를 찾으러 중장년 남성 대상의 나들이옷 전문점에 들어갔다. 그 가게는 유명한 중장년 남성이 신문에서 전면 광고로 선전하는 브랜드라 더 싫었다. 조금 살 만한 남자가 "난 평범한 샐러리맨이 아닙니다."라고 주장하는 느낌의 패션이다. 하지만 그 가게의 양말은 상당히 고급 면이어서 여덟 켤레나 사 버렸다.

그리고 그곳에서 쿠바의 명소가 프린트된 알로하셔츠(하

와이에서 비롯된 여름용 셔츠 ─ 옮긴이)를 발견했다. 헤밍웨이와 관련된 이름의 브랜드여서 쿠바 경치와 건물을 프린트했을 것이다. 이 알로하를 쿠바 이벤트전 보러 갈 때 입어야지, 하고 샀다. 실제로 쿠바 이벤트전에서 입었고, 쿠바인 뮤지션에게 "멋있다."라는 말을 들어서 기뻤다. 올여름 인상에 남은 쇼핑은 이 알로하셔츠뿐이다.

호텔 편집숍

식료품과 문구를 제외하고 일본에서는 거의 쇼핑을 하지 않는다. 2년 가까이 이탈리아에 못 갔지만, 셔츠나 트렁크는 아직 여분이 많다. 구두는 좀 부족하다. 하지만 일본에서는 옷이나 구두를 사러 어딘가에 가는 습관이 생기지 않는다. 슈트나 재킷이나 바지는 여름용과 겨울용을 단골 가게에서 한꺼번에 맞출 필요가 없다. 셔츠는 지금까지 정신이 아득해질 정도로 사 모아 당분간 부족하지 않을 것이다. 그래서 일단 옷은 넉넉하다. 나카타 히데토시 선수가 이탈리아로 이적해서 이탈리아에 자주 가기 전에도 국내에서는 쇼핑을 한 기억이 거의 없다.

이탈리아에 자주 가기 전에 나는 어디에서 옷을 샀을까. 옷을 산 기억이 별로 없다. 1980년대 말부터 약 3년 동안 텔레비전 토크 프로그램을 진행할 때는 이따금 스타일리스트가 준비한 슈트나 셔츠, 넥타이를 샀다. 그래서 아르마니 슈트가 늘었지만, 프로그램이 끝난 뒤 허리가 굵어져서 못 입게 됐다. 동시에 슈트 입을 일이 거의 없어졌다. 1990년대 중반쯤 외국에 사는 친구 결혼식에 갈 때 입을 만한 다크 슈트가 한 벌도 없다는 사실을 깨닫고 아연한 적도 있다.

지금 내가 이용하는 수제 양복점은 1998년에 출판사 사장인 친구에게 소개받았다. 왜 1998년이었냐면 프랑스 월드컵 관전 여행을 갈 예정이었는데, 숙소는 샤토 호텔에서, 식사는 별 세 개짜리 레스토랑 네 군데에서 하면서 철저히 즐기겠다는 계획을 세웠기 때문이다. 슈트를 입지 않으면 프랑스의 고급 레스토랑에 못 들어간다고 생각한 것이다. 2년 전에 요통을 앓은 이후 매일 복근 운동을 해서 허리가 7, 8센티미터 줄었다. 덕분에 당시 맞춘 슈트 바지는 헐렁해져서 입을 수 없지만, 그 단골 수제 양복점에는 지금도 신세를 지고 있다.

문득 생각났는데, 내가 일본에서 거의 유일하게 쇼핑을 하는 곳은 니시신주쿠의 한 호텔에 있는 편집숍이다. 대여섯 평 남짓한 작은 가게로 물건 수는 적었지만 호텔에 머물 때 이따금 들러서 재킷, 바지, 구두를 샀다. 지금 그 가게에서는 주로 넥타이를 산다. 에트로 넥타이가 꽤 다양하게 비치되어 있다. 내 넥타이는 대부분 에트로와 불가리다.

일상적으로 넥타이가 필요하지 않은 인간 치고는 아주 많은 넥타이를 갖고 있다. 기본적으로 넥타이는 셔츠에 맞춘다. 그래서 넥타이 자체의 디자인이나 무늬로는 넥타이를 고르지 않고 '이 넥타이는 그 셔츠에 어울리겠군.' 식으로 고른다. 넥타이만 보면 수수하고 별다를 것 없지만, 어떤 셔츠에 맞추는 순간 빛나 보이는 조합을 발견했을 때 무척 기쁘다.

흰색 셔츠에는 기본적으로 어떤 넥타이든 잘 어울려서 그런 즐거움이 없다. 이탈리아에 갔을 때 이탈리아 아저씨들을 관찰하며 참고한 것이지만, 그들은 정말 정통적인 조화를 좋아한다. 젊은 사람일수록 수수한 색과 무늬의 넥타이를 좋아하고, 연배가 있는 사람들은 블루 셔츠에 빨간색이나 노란색 넥타이를 맨다. 나는 화려한 색 넥타이를 별로 매지 않는다. 의식적으로 젊게 꾸미려는 의도일지도 모르겠다.

가죽 다운 코트

또 하코네에 소설 쓰러 왔다. 이 원고가 활자가 되어 있을 무렵에는 소설이 완성되었을지도 모른다. 지금으로선 앞으로 300매 정도 더 써야 하므로 완성 이미지를 떠올릴 수 없고, 또 소설이 완성될 것을 '예상'해선 안 된다. 필사적으로 쓰지 않으면 완성 못 할지도 모른다고 세뇌하며 써야 한다. 완성했을 때를 상상하면 긴장감이 떨어지고 안도감이 생겨서 뇌가 활동을 축소해 버린다. 뇌는 지치기 시작하면 어떡하든 쉬려 한다. 수면 중에 쉬게 하지만 그래도 피곤해서 소설에서 떠나려고 한다.

쇼핑 에세이인데 왜 소설 집필에 관해 쓰느냐면 별장에 틀어박혀 줄곧 소설만 써서 달리 화제가 없기 때문이다. 또 즐거운 쇼핑 행위에서 한참 멀리 떨어져 있는 것도 큰 이유다. 쇼핑을 안 하면 차츰 쇼핑이 즐겁다는 뇌의 회로가 끊어져 쇼핑 따위 상관없어진다. 이를테면 멋진 넥타이를 발견해도 별생각이 없다.

참고로 섹스도 비슷하다. 줄곧 섹스를 하지 않으면 성적 욕구 자체의 회로가 끊긴다는 얘기를 들은 적이 있다. 브라질 리오에서 고용한 일본계 3세 운전사와 사이판에서 고용한 오키나와 출신 운전사와 스페인 마드리드에서 고용한 튀니지인 운전사가 모두 같은 말을 했다. 요컨대 "오랫동안 섹스를 하지 않은 결과 성욕이 없어졌다."는 것이다. 정확히 말하면 성적 욕구를 잃어버린 게 아니라 그 회로가 끊기는 것이다. 컴퓨터에서 오래 사용하지 않은 소프트웨어가 기능하지 않는 것과 비슷하다.

그런 건 주의해야 한다. 그러니 경제적으로 파탄 나는 경우를 제외하고, 갖고 싶은 상품이 있으면 사는 편이 좋다. 특히 외국에서는 또 다음에 올 때 사야지, 망설이지 말고 갖고 싶은 것이 있으면 바로 사야 한다.

오사카의 어느 호텔 매장에서 가죽 다운 코트를 발견했다. 브랜드는 아이그너였다. 심야에 진열장 너머로 보니 아주 멋있어서, 내일 가게가 열리면 빛처럼 달려가 사겠다고 결심했다. 그러고 나서는 술을 곤죽이 되도록 마셨는데, 다음 날 아침 심한 숙취로 전혀 힘이 없었다. 그래도 꾸역꾸역 가게에 가서 다운 코트를 보여 달라고 했다. 디자인도 착용감도 최고였지만 상당히 고가였다.

나는 패션에 흥미가 있는 편이 아니어서 큰마음 먹지 않으면 고가의 옷은 살 기력이 떨어진다. 엄청나게 탐났지만 지금은 숙취로 기운이 없다고 내가 말하자, 점원이 "현금이든 카드든 상관없는데요."라고 대답했다. 아하, 기운(겐키)과 현금(겐킹)을 잘못 알아들었구나 생각하니, 더욱 살 마음이 없어져서 그대로 돌아왔다.

그런데 집으로 돌아온 뒤 숙취에서 깨자 그 코트가 미치도록 갖고 싶어져서 호텔에 전화해서 돈을 입금하고 사 버렸다.
결국 치수가 안 맞아 교환하는 등 엄청난 번거로움이 있었다.
그러니 갖고 싶다고 생각하면 반드시 그 자리에서 사야 한다.

구멍 난 스웨터

그럭저럭 2년 가까이 걸쳐 소설을 탈고했다. 취재 시작부터 따지면 3년 이상 걸렸고, 구상부터 하면 5년 이상 걸렸다. 400자 원고지 1600매 이상의 장편으로, 내용도 상당히 유별나서 쓰기가 힘들었다. 글을 쓰는 도중에 영원히 끝나지 않는 게 아닐까 하는 생각을 몇 번이나 했다. 어쨌든 큰 구성과 치밀한 이야기 전개가 필요한 작품이고 한 장면을 무사히 넘겨도 잇따라 어려운 장면이 나오기 때문에, 일부가 잘 풀려도 기뻐하는 대신 자제했다. 앞날은 아직 머니까 이 정도로 기뻐하지 말자, 내내 자신을 타이르면서 계속 써 나갔다.

그런 탓도 있지만, 탈고한 뒤에도 기쁨이 끓어오르지 않았다. 성취감이랄까, 충실감은 있지만 그것도 "와우, 다 썼다." 같은 것이 아니라 단순히 "끝났나⋯⋯." 하는 망연함뿐이다. 그러나 옛날에도 고생한 작품을 끝낼 때는 늘 그랬다. 기쁨이나 흥분이 아니라 멍하니 끝났나, 하고 혼자 중얼거리는 식이었다. 탈고하고 이틀이 지났지만 방심 상태가 이어졌다.

글은 전부 하코네 별장에서 썼다. 마지막 300매는 작년

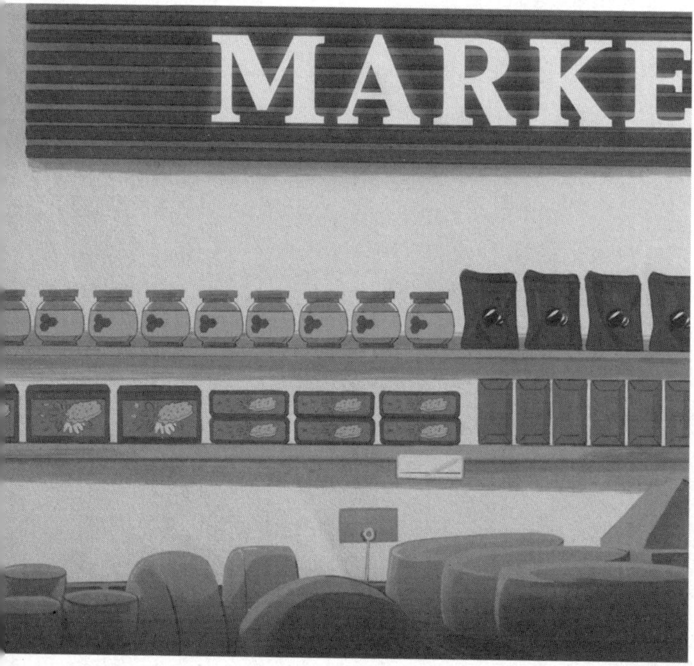
MARKE

말부터 올해(2005년) 초에 걸쳐 40일 동안 하코네에 틀어박혀서 마무리했다. 멋을 내는 일도 셔츠도 슈트도 넥타이도 뭣도 없는 40일간이었다. 식료품이 부족해서 몽롱한 머리로 근처 마을 슈퍼에 우유와 달걀과 빵과 토마토를 사러 갔다. 참고로 하코네라 해도 후지 산 남쪽 시즈오카 현인데, 시즈오카의 토마토는 정말 맛있다. 매일 일어나면 스트레칭과 복근 운동을 하고 엄청나게 큰 욕조에 들어가서 메일을 체크한 뒤, 토마토 껍질을 벗겼다.

슈퍼마켓 매장엔 '이 토마토는 누마즈의 ○○씨가 만들었습니다.' 하고 생산자의 사진이 붙어 있어서 "항상 맛있게 먹고 있습니다."라고 중얼거리면서 산다.

하지만 집필 중의 나는 완전 상거지 차림이다. 셔츠도 입지 않고, 넥타이를 할 리도 없고, 그냥 주위에 뒹구는 바지와 스웨터를 주워 입고, 수염은 듬성듬성 나고, 머리는 까치집을 짓고, 눈매는 한없이 험악하다. 스쳐 지나가는 아줌마들이 으악 하며 불안해 보이는 얼굴로 나를 피한다. 수상한 놈이라고 생각했는지 남자 점원이 내 뒤를 따라다닌 적도 몇 번이나 있다. 그럴 때, 가게 거울에 비친 내 모습을 보면 나도 놀란다. 스웨터에는 구멍이 나 있고, 수염은 아무렇게나 길렀고, 뺨은 홀쭉하고, 까칠한 얼굴 속에서 눈만 번쩍거린다. 스웨터는 옛날에 페루자에서 산 구찌 캐시미어지만, 구멍이 뚫려서 구찌고 캐시미어고 아무 상관도 없다. 대체로 구찌는 겉으로 봐선 모른다. 이런 남자가 맞은편에서 걸어오면 나라도 도망치고, 점원이라면 뒤를 밟겠구나 싶다.

계산대에 가면 직원이 '이 사람, 제대로 돈은 낼까?' 하는 얼굴을 한다. 그 슈퍼에선 산 물건을 직접 비닐봉지에 담아야 한다. 토마토와 빵을 비닐봉지에 담고 떨어지지 않도록 테이프를 붙이고 있으면 '저 나이에 마누라가 도망가서 고생하는구나.' 하는 얼굴로 나를 본다. 다음번엔 이 구찌 스웨터를 입고 오지 않도록 주의해야겠다고 생각하면서 가게를 나왔다. 그렇게 겐토샤에서 3월에 출간하기로 한 신간을 썼다.

평생 이어질 '좋은 기분'

지난달에 길고 긴 소설을 탈고했다. 그 후 한 달이 지났지만, 별로 실감이 나지 않는다. 여전히 감개도 없고, 고양감도 없고, 기쁨이나 흥분 같은 것도 전혀 없다. 그럼 아무것도 없는가, 하면 그건 아니다. 잘 표현할 수는 없지만, 아주 조용하고 확실한 충실감과 성취감 같은 것은 있다. 그것은 지난 한 달 동안 줄곧 지속됐다. 아마 책이 나와서 눈앞에 놓일 때까지 계속될 것이다.

1980년대 말, 어느 F1 드라이버를 인터뷰할 기회가 있었는데, 대화가 인상 깊었다.

"F1 드라이버는 레이스 이외에도 머신 테스트나 타이어 테스트 등으로 걸핏하면 달려야 하고, 컨디션 조절에도 세심한 주의를 기울여야 하기 때문에, 궤도를 벗어나는 일은 좀처럼 못 하죠? 평범한 젊은 남자들처럼 술 마시고 데이트하고, 영화 보고, 파티에 가고 싶지 않습니까?"

내가 그런 질문을 하자, 그 이십 대 초반의 잘생긴 레이서는 다음과 같이 대답했다.

"저도 이성하고 놀고 싶을 때도 있고, 그것이 얼마나 즐거운지도 압니다. 마음에 드는 여자와 함께 즐거운 시간을 보내면 정말 기분이 좋죠. 다만 그 좋은 기분이 얼마나 길게 이어졌는지는 잘 모르겠습니다. 잠시 계속되겠지만 며칠, 몇 개월, 몇 년이나 이어지진 않을 테죠. 그러나 F1 머신을 타고 멋지게 달리면 엄청난 성취감이 생기고, 레이스에서 좋은 기록을 내면 정말 하늘을 날 것 같습니다. 그럴 때, 만약 그랑프리에서 우승하면 얼마나 기분이 좋을까, 연간 챔피언이 되면 얼마나 엄청난 기분일까, 상상해 봅니다. 물론 데이트도 하고 싶고, 인생도 즐기고 싶고, 좋은 기분이 드는 일도 원하죠.

그러나 그런 일보다 달성하기만 하면 기쁨과 좋은 기분이 평생 이어질 것 같은 뭔가를 해내고 싶습니다. 저는 그걸 F1을 통해 얻을 수 있다고 생각하기 때문에, 여자와 놀고 데이트할 시간이 없는 것을 전혀 고통으로 여기지 않아요."

평생 이어질 '좋은 기분'이란 어떤 것일까. 폭발적인 기쁨은 아닐 것이다. 왜냐하면 폭발적인 기쁨이 평생 이어지면, 우리는 아마 지칠 대로 지쳐서 결국 죽을지도 모른다. 그것은 분명 매우 조용한 충실감, 성취감이 아닐까.

집 근처 세이조이시이(고급 슈퍼마켓의 이름 — 옮긴이)에 장을 보러 가서 모차렐라나 블루치즈, 커피, 요구르트, 꿀, 고기만두와 쿠키를 보고 있기만 해도 가슴이 조용히 떨린다. 하코네에 갈 때는 세이조이시이에서 그런 식료품을 대량으로 산 뒤에 출발한다. 그래서 그 식료품이 떨어져 가는 걸 보고 '아, 이제 글이 다 써 가는구나.' 실감한다. 묘한 기분이다. 이런 기분을 다른 사람들은 좀처럼 이해하지 못할지도 모른다.

쾌적한 인터넷 쇼핑

며칠 뒤 장편 소설 『반도에서 나가라』의 견본이 나온다. 이 원고가 활자가 될 무렵이면 후쿠오카의 위성사진 위에 독개구리가 올라타 있는 충격적이고 아름다운 스즈키 세이이치 씨의 장정 상하권이 서점에 진열될 것이다. 집필 기간이 길었던 데 비해 탈고의 감격이 없었다는 얘기를 앞서 썼지만, 견본이 나올 때까지 다른 일이 손에 잡힐 것 같지 않다. 여러 가지 새로운 아이디어가 떠오르지만 의욕이 생기지 않는다.

북한의 특수 부대원들이 후쿠오카를 점령한다는 특이한 설정의 소설인데, 쓰는 와중에 새 소설과 『13세의 헬로 워크』 같은 기획물 아이디어가 몇 가지 떠올랐다. 소설이 끝나면 바로 진행하려 했지만 도통 의욕이 생기지 않는다. 새로운 일을 시작할 마음이 생기지 않으니 당연히 쇼핑할 의욕도 없다. 이탈리아에 2년 가까이 못 가서 구두도 부족하지만, 굳이 일본에서 구두를 살 마음이 들지 않는다.

그러다 보니 인터넷 쇼핑이 편해져서 하코네 산속의 불편함이 어느 정도 해소됐다. 소설을 쓰는 데 필요한 자료는 대부분 아마존에서 대량으로 샀다. 배송지를 별장 관리 센터로 해 두면 택배가 배달 올 때 깨우는 일도 없다. 이번 소설의 자료는 정말 다방면에 걸쳐 있어서 여러 장르의 책을 샀다. 북한 관련 책부터 군사, 정치, 국제법, 특수 부대와 테러 부대, 무기나 병기, 화약과 폭약, 그리고 독개구리 외에 독을 가진 생물, 고층 빌딩 배관과 엘리베이터와 전기 시스템, 용접과 절단 기술, 의료와 의학과 약학과 진료, 국가재정 파탄과 예금 봉쇄, 주기(住基)넷과 지방행정 등 다양하다기보다 잡다한 자료가 필요했다.

아마존의 '장바구니' 페이지에는 통일감 없는 책이 점점 늘어났다. '북한 역사'와 'SAS 등 특수 부대 관련 책'과 '주기 넷 관련 책'과 '용접 기술 자격시험 책'과 '타란튤라(독거미의 일종 — 옮긴이)와 지네 관련 책'과 '의학 진단 관련 책' 등을 동시에 추천받아 담아 놓았다.

또 모 고급 식재료점 사이트에서 하코네 슈퍼에는 없는 식재료를 샀다. 플레인 요구르트와 올리브 절임과 건포도, 모차렐라, 록포르 등의 치즈류, 올리브유와 발사믹, 살라미 소시지와 햄과 베이컨, 그리고 셰리주를 샀다. 여러 시도를 했지만 취침주랄까, 집필의 흥분을 진정시키는 술은 셰리주가 최적이란 걸 알았다. 잠들기 전 온천에 들어갔다 온 뒤에는 맥주가 정말 맛있지만, 안주가 정해져 있어 살이 찔 위험성이 있다. 청주도 꽤 마셨지만 안주가 짜서 끊었다. 브랜디나 위스키는 도수가 너무 세서 목욕하고 나온 길에 어울리지 않고, 와인 한 병은 혼자 마시기에는 양이 너무 많다.

그런 이유로 나는 매일 밤 자기 전 산뜻한 피노의 셰리주에다 치즈와 올리브와 건포도를 곁들여 마셨다. 종일 소설을 쓰다가 자기 전에 온천을 한 뒤, 아키 카우리스마키 등의 영화를 DVD로 보면서 셰리주 마시기. 지금 생각하니 아주 행복한 시간이었다.

밀라노 — 이탈리아

감탄이 나오는 셔츠

거의 2년 만에 유럽에 다녀왔다. 돌아오는 항공기에서는 초과 요금을 ○○엔이나 냈다. 책이나 석상에 비하면 셔츠와 구두와 넥타이가 그리 무거울 리 없지만 양이 많았다.

첫 방문지는 슬로베니아였다. 슬로베니아가 어디에 있는지, 수도가 어디인지 바로 대답할 수 있는 사람이 몇이나 될까. 나도 처음에는 몰랐다. 발트 해 쪽으로 오해하기도 했다. 크로아티아와 이탈리아와 헝가리와 오스트리아로 둘러싸인 조그마한 나라 슬로베니아 문화협회의 초대로 신문과 텔레비전 취재를 받았고, 공개 세미나를 진행했다. 외국에서 한 문화 활동은 책 홍보 이외에는 없다. 슬로베니아라는 나라에 흥미가 있어서 왔지만, 요리도 맛있고, 문화 수준도 아주 높고, 정말 기분 좋아지는 사람들만 만났다.

슬로베니아의 수도 류블랴나에서 육로로 크로아티아까지 넘어가, 수도 자그레브에서 한동안 지내다가 드디어 밀라노에 왔다. 참고로 자그레브는 대도시로, 실내 디자인이 완벽하고 인터넷도 전 객실에 완비된 유서 깊은 호텔을 갖추고 있

었다. 감탄이 나올 만큼 아름다운 공원이 있고 여성들도 예뻤지만, 감탄이 나올 만큼 아름다운 셔츠를 파는 가게가 없었다. 감탄이 나올 것 같은 셔츠 가게와 그 도시의 문화 성숙도와는 아무런 상관관계도 없지만, 요컨대 나는 유럽 각국의 젊은 숨결을 느끼면서 만반의 준비를 하고 밀라노로 왔다. 그러고 보니 자그레브에서 밀라노까지는 프로펠러기였다. 프로펠러기 국제선을 탄 것은 오랜만이었다.

밀라노에 도착해서 늘 묵는 호텔에 체크인 하고 메일을 확인한 다음, 근처 레스토랑에서 포모도로 스파게티를 먹은 뒤, 그토록 그리워하던 몬테 나폴레오네로 향했다. 그 셔츠 가게는 2년 전과 다름없었다. 긴 방학이 끝나고 오랜만에 등교하는 학생처럼 설레는 마음으로 문을 열고 들어갔더니, 여주인이 "본조르노.(안녕하세요.)" 하고 맞아 주었다. 나는 먼저 목둘레 치수를 말했다. 신상품 춘추복 셔츠가 유리 테이블 위에 쌓이기 시작했다. 오오, 혹은 훌륭하네, 하는 소리도 되지 않는 감탄이 흘러나왔다. 밝은색 줄이 들어간 셔츠를 몇 가지 가리키고, 거기에 어울리는 넥타이를 여주인에게 골라 달라고 했다.

결국 면 셔츠 다섯 장, 리넨 셔츠 석 장, 최고급 면트렁크 스물두 장, 이집트면 티셔츠 아홉 장, 넥타이 세 개, 여름 스웨터 석 장, 파자마 한 장을 산 뒤, 내미는 가격을 보고 바닥에 그대로 드러누울 뻔했다. 역시 본고장 셔츠는 비쌌다. 가게에 상품을 맡기고 다른 가게에서 구두와 벨트를 사서 돌아오니, "마침 당신 치수의 셔츠 두 장을 지금 장인이 가져왔는데, 어때요?" 하며 보여 주었다. 어째서 달랑 두 장인지 물어봤더니, 수제품이라 대량으로는 못 만들기 때문이라고 했다

내일부터 피렌체에 열흘간 머물 텐데 절대로 바보 같은 쇼핑은 하지 말아야지, 다짐하고 셔츠와 기타 등속이 든 종이 가방을 들고 몬테 나폴레오네를 걸었다. 하지만 그 맹세는 쇼핑 천국인 피렌체에서 보기 좋게 무너져 버렸다.

피렌체의 추억

앞 페이지에 이어서 쓰자면 피렌체에서 쇼핑한 이야기를 해야 한다. 하지만 이탈리아 여행을 다녀온 지 꽤 시간이 흘러서, 그사이 쿠바와 방콕에 다녀왔다. 쿠바에 갈 때는 뉴욕과 칸쿤을 경유한다. 칸쿤에서는 리베라 마야에 있는 호텔에서 스파만 즐기고 쇼핑은 하지 않았다. 쿠바에서는 매일 수영하거나 굉장한 밴드의 공연을 보고, 밤에는 다양한 쿠바 요리와 스페인 와인을 즐겼을 뿐 쇼핑은 안 했다. 흑산호 장식품만 선물로 몇 점 샀다. 특산품인 시가는 전에 산 것이 집에 썩을 정도로 많아서 사지 않았다.

뉴욕의 업타운에서 늘 묵는 숙소는 전에 셀린 디옹과 복도에서 스친 적도 있는 고급 호텔이고, 칸쿤에서 숙박한 곳도 객실 예순 개가 모두 스위트룸인 리조트 호텔이었다. 그런데 놀라운 것은 밀라노나 피렌체에 비해 싸다는 사실이다. 피렌체 호텔은 구시가지 한복판에 있어서 관광도 쇼핑도 아주 편리하다. 게다가 계절이 봄이어서 토스카나 여행의 최고 성수기임을 감안해도 깜짝 놀랄 만큼 비쌌다. 1유로가 100엔이었다면 그나마 납득이 가는 요금이지만, 엔은 달러와 나란히 하락하는 추세였다.

칸쿤과 아바나 수영장에서 미치도록 아름다운 창공을 바라보면서 나는 카마론과 란고스타라는 새우를 먹고, 다이키리와 모히토를 마시며, 모든 것이 너무 비쌌던 이탈리아에서 내가 산 그 어마어마한 쇼핑 내역을 떠올렸다. 먼저 피렌체 미술관을 돌면서 구두를 구경했다. 2년 동안 이탈리아에 오지 못했던 터라 신을 구두가 얼마 남지 않았다. 발끝이 뾰족한 최신 디자인의 구두를 산 뒤 여름용 레저 스니커가 입고된 것을 알았다. 아주 가볍고 신기 편하고 세련된 데다 의외로 일본인 발에도 잘 맞았다. 그리고 엄청나게 비쌌다.

구두가 어느 정도 모여서 안심한 나는 레저 가게에 가서 재킷을 샀다. 주인 아저씨와 친해진 편집숍에서 여름 울 바지와 판초처럼 생긴 특이한 디자인의 레인코트와 여름 스웨터를 샀다. 선글라스와 수영복과 티셔츠와 목욕 수건만 파는 새 명품 매장에서 선글라스와 수영복과 티셔츠를 사고, 그것들을 넣을 큼직한 백팩을 샀다. 밀라노에서 대량으로 사서 이제 필요 없을 거라고 생각했던 셔츠지만, 좋은 셔츠를 파는 가게를 발견해 버렸다. 게다가 그 가게에는 밀라노에서 산 리넨 셔츠와 똑같은 셔츠를 팔고 있었다.

어째서 밀라노와 같은 셔츠가 있는지, 그것만 물어보고 사진 말아야지, 생각하면서 가게에 들어갔다. 주인의 설명으로는, 그런 품질 좋은 셔츠를 만드는 장인의 수가 한정되어 있어서 많이 못 만들기 때문에 밀라노나 로마나 피렌체의 고급 셔츠 가게에 한 점씩 같은 셔츠가 들어오기도 한단다. 이유만 물어보고 나오기로 했으면서, 나는 그 가게에서 청 소재 셔츠 석

장과 넥타이 두 개를 사 버렸다. 게다가 파리의 생제르망데프
레에 있는 셔츠 가게에서도 셔츠를 아홉 장이나 샀다. 그제야
내 쇼핑 욕구는 깨끗이 소진되었다. 뉴욕이나 칸쿤이나 아바
나에서 쇼핑할 기력과 열의를 깡그리 잃은 것은 그 때문이다.

처음 간 중국

지난달 말 상하이에 다녀왔다. 태어나서 처음 간 중국이었다. 몇 년 전에 신인 여배우와 식사를 할 때, 무라카미 씨는 전세계를 다 여행했어요? 하고 물어서, 아뇨, 그렇지 않아요, 라고 대답했었다. 하지만 그녀는 다시 이집트에 가 보고 싶은데 어떤 곳이에요? 하고 얼굴을 반짝거리며 물었다. 아니, 유감스럽게도 이집트는 간 적이 없어요, 라고 하니 조금 실망스러운 표정을 지으면서, 그럼 그리스는 어때요? 하고 물었다. 실은 그리스에도 간 적 없어요, 라고 대답하자 여배우의 얼굴이 흐려졌다. 그러더니 터키도 멋지다던데 어때요? 하고 다시 물어서 고개를 가로젓자, 그녀의 표정이 점점 어두워지더니 월남쌈 좋아하세요? 베트남은 어때요? 중국은 어때요? 하고 잇따라 물었다. 모두 부정하자 그녀는 무라카미 씨는 외국에 대해 거의 아는 게 없네요, 하는 표정으로 어이없어 했다.

이번에 방문한 곳은 상하이뿐이지만, 여배우가 관심을 가진 나라 중에서 중국은 다녀온 셈이다. 그래서 상하이는 어땠냐고 묻는다면 더웠다고, 칸쿤이나 아바나나 방콕보다 더웠

다고 대답해야겠다. 위도는 그다지 낮지 않은데 어째서 6월 말의 상하이는 그토록 더운지 모르겠다. 심지어 내가 대절한 차는 에어컨이 잘 안 되어 밀리는 차 안의 온도가 40도에 가까웠다. 창문을 열어도 배기가스와 함께 열풍이 불어 들어와, 열사병에 걸리지 않도록 항상 페트병에 담긴 물을 여러 개씩 차에 싣고 다녀야 했다.

너무 더워서 관광도 거의 못 할 지경이라 오로지 식사만 즐기기로 했다. 식사는 어느 식당이나 훌륭했다. 엄청나게 큰 샤오룽바오인데 수프만 빨대로 빨아먹는 요리는 일품이었고, 빨간 제비 둥지 수프와 바다 거북이 젤리와 뱀 튀김도 독특하고 진한 맛이 입에 맞았다.

너무 더운 나머지 차로 이동하는 일이 공포에 가까워서 관광을 하지 않기로 했지만, 가이드의 추천으로 주가각이라는 오랜 시가 흔적이 남은 관광지만 둘러보기로 했다. 하지만 상하이에서 한 시간 남짓한 관광지도 아스팔트가 녹을 듯한 더위였다. 걷고 있으면 산소가 결핍된 금붕어처럼 되어서 수향 마을이지만 배 타는 것은 취소했다. 주가각 골목에는 명물인 치마키(띠나 대나무 잎으로 말아서 찐 떡 — 옮긴이)와 약용 진주 가루를 파는 가게가 줄줄이 있었는데, 그중에 젓가락 파는 가게가 있었다. 잡는 부분에 미묘한 요철이 있는 흑단과 모과나무로 만든 젓가락을 팔았다.

좁은 골목에 있는 가게 안은 냉방이 안 되어 이마와 뺨에 땀이 줄줄 흘렀지만, 그 젓가락을 들어 보는 순간 더위를 잊었다. 딱딱한 재질의 나무를 깎아 다양한 디자인의 매끄럽고 미묘한 요철을 새겼는데 손에 착 감겨서 기분이 좋았다. 제각각인 디자인의 젓가락을 들고, 이걸로 덮밥을 먹으면 맛있겠어,

이걸로 샐러드를 먹으면 토마토가 잘 집히겠네, 이건 소면을 먹을 때 좋겠는데, 이건 회를 집어서 간장에 찍을 때 딱 좋겠어 중얼거리다, 정신을 차려 보니 어느새 젓가락을 스무 벌이나 샀다. 역시 나는 동양인이었다.

그리운 페루자

나카타 히데토시가 이탈리아 세리에 A를 떠나 잉글랜드 프리미어 리그에 출전하는 볼턴 팀으로 이적했다. 언젠가 이런 날이 오리라 예측했지만 드디어 현실이 됐다. 맨체스터에서 20킬로미터 떨어진 곳에 있는 볼턴이라는 도시는 모르긴 해도 아마 쇼핑에는 적합하지 않을 것이다.

생각해 보면 1998년 여름에 나카타가 페루자로 옮긴 뒤부터 나의 이탈리아 쇼핑이 시작됐다. 처음 페루자를 방문했을 때 기억이 지금도 또렷하다. 기내에서 당시 신작 영화인 「타이타닉」을 보면서 밀라노를 거쳐 밤에 로마에 도착했고, 택시를 타고 200킬로미터 북쪽에 있는 페루자로 향했다. 로마의 택시 운전사는 페루자의 지리를 몰라서 호텔에 도착하기까지 반 시간은 더 시내를 빙빙 돌아다녔다. 브루파니 팰리스라는 유서 깊은 호텔에 도착했을 때는 이미 자정이 지난 시간이었다.

다음 날 아침, 호텔에서 조식을 먹고 시내로 나온 나는 마치 중세를 그대로 재현한 듯한 아름다움에 숨을 삼켰다. 당시

의 놀라움과 감동은 『악마의 패스』라는 소설에 자세히 썼고, 이 책에서도 언급했다. 그때 나는 약 3주간 페루자에 머물렀다. 마침 버섯 철이어서 매일 먹었더니 나카타가 어이없어 했다. 일본에서 흔히 보는 건조 버섯이 아니라 엄청 큰 표고버섯 같은 생 버섯을 썰어서 샐러드로 먹거나 그릴에 구워 먹었다. 참고로 버섯 그릴 구이는 고기 요리로 분류하며, 맛이 진해서 강한 레드 와인에 잘 어울린다.

1998-1999 시즌의 페루자는 개막전이 유벤투스, 두 번째 경기가 산프드리아, 세 번째 경기가 라치오, 그다음이 인테르나치오날레 밀라노였다. 나는 최소한 라치오전까지는 머물 예정이었지만, 다른 일본인 기자나 친구들은 "소설가는 어디서나 일할 수 있어서 좋겠네요." 하는 빈정거림 섞인 말을 남기고 개막전이 끝나자 하나둘 귀국해 버렸다. 어느 시기를 지나자, 나카타 사무실 사람을 제외하고 페루자에 남은 사람은 나뿐이었다. 나는 오전에는 소설을 쓰고, 오후에는 나카타의 연습을 보거나 쇼핑하고, 밤에는 레스토랑을 순례했다.

구시가지가 있는 언덕 끝자락에 작은 공원이 있었는데 일요일이면 그곳에서 골동품 시장이 열렸다. 가구나 악기, 오래된 그림엽서나 장신구, 무솔리니 시대의 기념품까지 모든 것을 팔고 있어서 보기만 해도 즐거웠다. 1930년대의 장식품을 파는 가게가 마음에 들어서 조각이며 브로치를 몇 개 샀다. 그 가게 작품은 모두 귀금속, 마노 등의 돌, 나사나 태엽 같은 기계 부품을 기하학적으로 조립한 디자인이라 정말 멋있었다.

지금 그 작품 몇 점이 내 책상에 놓여 있다. 그걸 볼 때마다 난 페루자에서 보낸 나날을 그립게 떠올린다. 중세 그대로인 아름다운 거리로 옮겨진 기분이 든다.

이탈리아 바지와 셔츠와 '쿨 비즈'

얼마 전 이발소에서 수염을 깎고 있는데 느닷없이 "이 셔츠도 밀라노의 그 가게에서 산 것인가요?" 하고 이발사가 물어서 깜짝 놀랐다. 하마터면 얼굴을 움직여 면도날에 베일 뻔했다. 수염을 깎을 때는 의자를 수평으로 눕히는데, 자동 등 마사지기가 붙어 있는 데다 얼굴에 증기가 닿아 노곤해져서 대개는 잠이 든다. 꾸벅꾸벅 졸 때 셔츠 이야기를 들었다. 어떻게 알았지, 이발사가 천리안인가.

"어, 어떻게 알았어요?" 하고 떨면서 물었다. 지금까지 해 온 나쁜 짓도 이 사람은 전부 꿰뚫고 있는 걸까, 생각했지만 아니었다. 《GRAN》을 구독하는 지인에게 정보를 얻은 것이다. 우리 가게에는 무라카미 류가 와, 하고 얘기하다가 그 사람 이탈리아에서 셔츠를 잔뜩 사 오던데, 식으로 정보를 얻은 것 같다. 이발사는 심지어 "무라카미 씨, 셔츠를 한꺼번에 100장씩 산다는 게 정말입니까? 하고 물었다. 어째서 그 숫자가 되었을까. 그렇게 바보같이 많이 사진 않아요, 라고 대답했더니, 그럼 몇 장씩 사세요? 하고 재차 물어서 대답이 궁해졌다. 스무 장 정도, 라고 대답하는 모습을 상상하니 내가 정말 쇼핑 바보처럼 느껴졌다.

일본에서는 셔츠를 스무 장 넘게 사면 이상한 사람 취급을 받는다. 하지만 커프스 셔츠가 부족해서, 곧 여름이니 리넨 셔츠가 필요하고 중간 정도 굵기의 푸른색 줄무늬 셔츠가 두 장쯤 더 있으면 해서, 또 이런 무늬의 버튼 다운은 다른 데 없을 것 같아서 밀라노에서 여덟 장, 피렌체에서 석 장, 파리에서 아홉 장 식으로 셔츠를 산다. 이치에 맞는 것 같지만 사실은 말도 안 되는 이유로 셔츠를 고른다. 커프스 셔츠는 언제 입으려고, 커프스 단추 잠그는 게 얼마나 귀찮은데, 투덜거리며, 한 번도 안 입었잖아, 하는 이성적이고 현실적인 목소리는 내 어디에서도 들리지 않는다.

셔츠는 신기하다. 한 번도 입지 않고 지그시 바라만 봐도 행복한 기분이 들 때가 있다. 4월에 피렌체에 갔을 때는 드물게 바지를 샀다. 3년 전에 추간연골헤르니아를 앓은 이후, 매일 아침 복근을 단련하느라 수영장에 다녔다. 덕분에 허리가 7, 8센티미터 줄어서 이탈리아에서 바지를 살 용기가 생긴 것이다. 전에는 허리에 맞춰서 바지를 시착할 때, 바지 자락을 접어서 핀으로 고정하는 점원의 표정이 신경 쓰여서 살 의욕을 잃었다. 점원의 눈은 이런 굵은 허리와 짧은 다리로 이렇게 세련된 이탈리안 라인의 바지를 입지 말라고 말하는 것 같았다.

하지만 이번에는 캐주얼한 바지를 몇 벌 샀다. 올여름은 스포티한 디자인과 색의 셔츠에 맞춰 입으려고 기대했지만 결국 꿈을 이루지 못했다. 이유는 '쿨 비즈(cool biz, 노타이 반소매 차림 — 옮긴이)'라는 정부가 주도한 패션 운동 때문이다. 이탈리아에서 산 바지와 셔츠를 맞춰 입으면 어디서 봐도 '쿨 비즈'가 된다. 정부가 주도하는 패션을 누가 따라갈까 봐 하고 버티다 보니 어느새 여름이 끝나 버렸다.

골동품 시장과 기념품 가게

예전에는 외국 여행을 가서 소품이나 장식물 같은 걸 산 적이 없었다. 일일이 들고 살펴보며 고르기 귀찮았고, 소품을 몸에 지니거나 책상이나 책장에 장식물 올려 놓는 걸 좋아하지 않았다. 그런 습관에 변화가 생긴 것은 앞서도 잠깐 썼지만, 역시 이탈리아의 페루자에서다. 이탈리아로 이적한 나카타 히데토시는 유럽으로 건너간 일본인 프로 축구 선수로서 여러 가지 역사적 위업을 이루었지만, 나의 쇼핑 경향을 근본부터 바꿔 버린, 당연히 기록에도 남지 않을 사소한 일에도 관여했다.

페루자의 첸트로라고 하는 구시가지 끝에 브루파니 팰리스라는 유서 깊은 호텔이 있고, 그 앞 작은 공원에서 매달 정해진 일요일에 골동품 시장이 열렸다. 나는 1930년대 디자인의 브로치와 장식물을 샀다. 어딘가 바우하우스풍의 의장과 제2차 세계대전의 불온한 정세를 상징하는 듯한, 심플함과 퇴폐미가 느껴지는 매력적인 디자인이었다. 3000엔 정도의 물건이 많았다. 이런 브로치를 몸에 지니고 싶어 하는 여성은 없을 것 같아서 누구에게도 선물하지 않고 그냥 책장에 올려 놓았다.

그러다 한참 뒤에 문득 그 소품들을 바라보는데, 페루자의 브루파니 주변 경치가 되살아나는 것이었다. 소품과 장식물이 단순히 장식을 위해서가 아니라 여행의 기억을 환기한다는 사실을 처음 깨달았다. 이제껏 주로 기념품으로 그림엽서를 샀다. 하지만 스무 장쯤 한꺼번에 봉지에 넣어 책장 빈틈에 끼워 넣거나 책상에 처박아 두는 식으로 방치하여 대부분 없어졌다.

기억을 떠올리는 장치로서의 소품과 장식물의 가치를 깨달은 뒤로 기념품 가게에 가면 하나씩 들고 구경하곤 한다. 다만 'I♥NY'라고 쓰인 머그잔이나 에펠탑 문진 따위는 아무래도 취향에 안 맞아, 내 책상이나 책장 위에 진열할 소품이나 장식물은 신중히 고른다. 고르는 기준은 물론 가격이 아니고, 머그잔이나 티셔츠나 문진처럼 지방색을 직접 드러내는 것도 아니다. 대부분 새와 벌레 장식물이다.

유럽에서는 도자기나 유리로 만든 새와 곤충류 장식물을 곧잘 산다. 멕시코에서는 도자기로 만든 벌레와 나무를 깎아 만든 소박한 새 장식물을 샀다. 공 모양의 대리석에 금속 머리와 발과 날개를 단 웅조(雄鳥) 장식물은 무척 마음에 들어서 책장 제일 좋은 곳에 두었다. 쿠바에서는 포크나 나이프나 숟가락을 자르거나 비틀거나 구부려 기묘한 벌레를 만드는 조형 작가의 작품을 사곤 한다. 구부린 포크나 숟가락에 조개껍데기나 대모갑(바다거북과의 하나인 대모의 등과 배 껍데기 — 옮긴이)을 접목한 것도 있다. 작가가 표현한 벌레는 현실에 존재하지 않지만 그것이 벌레란 것은 안다.

아바나의 카테드랄 맞은편에 있는 기념품 가게에서 그 작가의 '벌레'를 샀다. 광장 가게에는 천장에 커다란 선풍기 한 대만 천천히 돌고 있을 뿐 에어컨이 없어서 나는 이마에 땀을 흘리며 유리 진열장을 들여다보았다. 유리 진열장의 '벌레' 무리가 쿠바 및 중남미를 상징하는 듯한 기분이 들었다. 어딘가 쿨하고 흉포한 느낌이 드는 한편 여유로운 느낌도 나고, 악몽을 부를 듯 음산한 것도 있었다. 그런 복잡한 인상은 중남미 문화 특유의 것으로 가르시아 마르케스나 마누엘 푸이그의 소설 같다고 언제나 생각한다.

서울에서 명품 사기

오랜만에 한국에 갔다. 그래 봐야 2년 만이지만, 예전에는 더 자주 간 기억이 난다. 이번에는 내가 14년 전에 제작과 감독을 맡았던 영화 「토파즈」가 서울에서 개봉되어 홍보 차 현지 배급사에서 초대한 것이다. 참고로 한국은 일본 문화에 관심이 많지만, 최근까지 일본 영화의 개봉을 일절 금지했다. 일본 문학의 번역 출판 규제는 1980년대에 풀렸지만, 일본 영화 규제는 최근까지 계속되고 있다.

그런 사정이 있는 나라여서 '세상에 그 「토파즈」가?' 하고 깜짝 놀랐다. 배급한 곳은 그리스의 테오 앙겔로풀로스나 오구리 코헤이 등 '예술 영화'만 다뤄 온 회사였다. 그래도 「토파즈」를 공개하기 위해 여섯 번의 심의를 받았고 약 6분이 여지없이 잘렸다. 그러나 유교 사상이 아직 남아 있고, 정치 면에서는 일본 대중문화에 경계심이 큰 한국에서 이 영화의 개봉을 허가했다는 자체가 대단히 놀라운 일이었다.

신문과 잡지와 인터뷰를 하고 언론 시사회에서는 공동 기자 회견을 했는데, 참으로 다양한 질문을 받았다. 영화와 감독에 대한 존경이 바탕에 깔린 성의 있는 질문이어서 나는 기뻤고, 자극적인 대답도 하면서 그 시간을 즐겼다. 영화 「토파즈」는 일본에서는 1992년에 개봉했지만 단관, 그것도 심야에만 상영해 언론에서는 물론 영화 미디어 쪽에서도 그 영화를 무시했다. 그 후 베를린 영화제에서 좋은 평을 받았고, 그해 여름 이탈리아에서는 「얼음의 미소」에 이어 제법 높은 흥행 성적을 올렸다. 그러나 일본에서는 거의 무시 상태였다.

서울에서는 이틀 동안 인터뷰를 하고, 끝나면 수영장에서 놀다가 명동 번화가로 나가 해산물 요리와 삼계탕과 한정식과 불고기를 먹었다. 한국 요리를 먹으러 갈 때의 이 두근거림은 과연 무엇일까. 프랑스 요리에도 이탈리아 요리에도, 또 일본 요리에도 두근거리는 기대감은 생기지 않는다. 방콕에서는 비슷한 고양감이 있었다. 그러나 한국은 역시 특별하다. 이제 게장을 먹으러 가야지, 생각만 해도 마치 해서는 안 될 쾌락을 맛보러 가는 것처럼 두근거리기 시작한다.

2년 만에 간 서울은 더 깨끗해지고 세련되게 변했다. 명동 롯데 백화점 옆에 명품 매장이 생겼는데, 상품들이 아주 훌륭해서 깜짝 놀랐다. 전에는 명품이라도 면세점에 있는 상품밖에 없었다. 그런데 파리나 밀라노나 로마에 본점이 있을 법한 브랜드뿐만 아니라 피렌체의 상당히 마니악한 브랜드도 있었다. 나는 겨울용 하프 부츠와 가죽 블루종을 샀다. 서울에서 명품을 산 것은 처음이었다.

서울이 참 깨끗하고 풍요로워졌네요, 그랬더니 배급사 통역 아가씨가 "빈부 차가 심해져서 IT나 금융 쪽 부자들이 고급 명품을 자주 찾아요. 그 덕에 명품 매장이 성황을 이루어서 시내에서도 고급스러운 느낌이 날 거예요."라고 말했다. 경제 격차는 일본만의 문제가 아닌 것 같았다.

20년 만의 청바지

나이 먹으니 외국 나가기가 겁난다. 장시간 비행으로 요통을 견디기 힘들고, 시차가 면역에도 악영향을 준다는 설도 있다. 옛날에 취재로 만난 면역학자는 죽이고 싶은 사람이 있으면 무조건 비행기를 자주 태워서 비행을 시키라는 무시무시한 소리를 했다. 하지만 외국이 아니면 할 수 없는 일이 많아서 아무래도 한 해에 한 번은 나가게 된다. 가면 나름대로 활동적으로 즐기지만, 예전처럼 저녁 식사 후 몇 군데의 바나 클럽을 전전하다 새벽에 호텔로 돌아오는 일은 없어졌다.

그래서는 아니지만, 점점 국내 여행이 즐거워졌다. 순수한 여행은 별로 없고, 강연회 가는 길에 지방 도시나 리조트를 찾는 경우가 많다. 일과 전혀 무관하게 찾는 곳이라면, 고향 사세보의 하우스텐보스나 교토 정도일 것이다.

국내 여행이 편한 이유는 당연히 이동 시간이 압도적으로 적어서다. 말이 통하는 것도 크다. 거의 나 홀로 여행이고, 아닌 경우에도 사적인 여행이어서 영어가 통하지 않는 나라는 아무래도 긴장된다. 게다가 수도뿐만 아니라 지방에 가야 하는 여행은 항상 고역이다. 물론 취재 때는 통역을 쓰지만, 밤에 혼자 호텔 방에서 몸 상태가 좋지 않으면 갑자기 악화될까 봐 불안할 때도 있다. 국내 여행은 그럴 염려가 없어서 좋다.

국내 여행의 즐거움은 역시 식사와 온천이다. 최근에는 지방에도 스파가 잘 구비된 리조트 호텔이나 온천이 있어서 마음껏 온천을 하고 마사지를 받다 결국 녹초가 될 때도 있다. 쇼핑도 곧잘 한다. 그 지방 특산품 같은 것은 거의 사지 않는다. 지방의 중심 도시에는 내용이 알찬 백화점과 쇼핑몰이 있다. 도쿄와 별다를 바 없이 명품 등 좋은 상품이 진열되어 있다. 그런 백화점이나 쇼핑몰에는 이웃 도시에서도 고속도로를 타고 쇼핑객이 몰려와 지역 상점가가 불경기라는 얘기도 들려온다. 나는 도쿄에서는 전혀 쇼핑을 하지 않는다. 시간적 여유도 없고 귀찮기 때문이다. 하지만 지방에서는 취재 이외에는 딱히 할 일이 없어서 어슬렁어슬렁 시내에 나가 백화점이나 쇼핑몰의 편집숍을 찾는다.

최근에는 청바지를 샀다. 4년 전 허리가 아팠던 뒤로 다이어트가 아니라 수영과 절식으로 체중을 빼서 허리가 10센티미터 가까이 줄었다. 단골 양복점에서 "우리 집에 오는 손님은 곧 살을 뺄 거니까, 라고 하지만 정말 살을 뺀 사람은 한 명도 못 봤어요. 정말 허리를 이렇게 줄여 온 사람은 무라카미 씨뿐이네요."라고 했다. 작아져서 못 입는 청바지를 다시 입을 수 있게 되어 이거 20년 전 청바지인데, 하고 친구에게 자랑했지만, 아무래도 디자인이 너무 구식이다. "20년 전 청바지를 입을 수 있게 된 건 기쁘지만 디자인이 구식이야." 하고 한탄했더니, 상대방이 "왜 새 바지를 안 사? 셔츠는 이탈리아에서 몇십 장이나 사면서."라고 해서 아차 싶었다.

그래서 드디어 최근 어느 지방 도시의 청바지 가게에서 새 청바지를 두 벌 샀다. 아주 뿌듯한 쇼핑이었다.

일본에만 있는 '이탈리아 아저씨' 이미지

세상에는 신기한 일이 정말 많다. 그런데 대부분은 신기하다는 것을 못 느낀 채 어영부영 일상이 된다. 신기하다는 것을 느끼지 못하니 누군가에게 묻거나 조사하는 일도 없다. 이를테면 일본의 이탈리아 음식점에서는 빵에 찍어 먹으라며 올리브유가 담긴 자그마한 접시가 나올 때가 많다. 하지만 나는 이탈리아에서 그런 올리브유 접시를 본 적이 없다. 샐러드 드레싱으로 사용하거나 모차렐라 치즈에 뿌리기도 하지만, 빵에 찍어 먹으라고 접시에 담겨 나온 적은 없다.

물론 내가 아는 이탈리아 레스토랑은 한정되어 있고, 그것도 로마를 제외하면 대부분 북이탈리아만 다녔다. 시내로 예를 들면 페루자, 아시시, 산지미냐노, 셰나, 피렌체, 제노바, 피사, 밀라노, 베르가모, 코모, 로마, 파르마, 볼로냐, 피아첸차, 브레시아…… 그만, 끝이 없다. 하지만 빵에 올리브유를 찍어 먹는 가게를 이탈리아에서는 실제로 한 집도 본 적 없다. 그런데 일본의 이탈리아 음식점에서는 대부분 당연한 듯 올리브유가 나온다는 것은 생각할수록 정말 신기한 일이다.

비슷한 예로 일본의 패션 잡지가 있다. '이탈리아 아저씨에게 셔츠 입는 법을 배우다' 같은 특집 기사가 종종 실린다. 일본에 사는 이탈리아인이 이탈리아 브랜드 패션을 입고 화보를 찍는다. 그걸 보고 생각한 것은 이탈리아에서 실제로 그렇게 옷 입는 아저씨를 한 번도 본 적이 없다는 것이다. 물론 패션 잡지니까 다소 과장되고, 광고로 돈을 버니 각 브랜드의 상품을 소개해야 해서 최신 유행 패션이 실제 상황과 다소 다른 것도 어느 정도 이해는 된다.

하지만 중년 남성 대상의 패션 잡지를 보며 드는 생각은 일본인이 정말 그런 옷을 입고 이탈리아 시내를 돌아다니면 참으로 기묘하겠다는 것이다. 내가 주의 깊게 관찰한 이탈리아 아저씨들(이탈리아는 도시 국가였던 과거의 영향이 아직 짙게 남아 있어서 사실은 '아저씨들'이라고 한 덩어리로 묶을 수 없지만)의 패션은 아주 정통파였다. 밀라노와 로마에서 셔츠와 넥타이와 구두를 효율적으로 사기 위해 시내나 레스토랑에 갈 때, 또 텔레비전 축구 프로그램 등을 보며 아저씨들이 어떤 옷을 입는지 꼼꼼하게 관찰했다.

내가 관찰한 결과와 일본 패션 잡지와 내용은 전혀 다르다. 게다가 이탈리아 아저씨의 패션 감각에 대한 일본 미디어의 기본적인 이해도 다르다. 아마 일본 패션 잡지는 이탈리아 아저씨의 패션 감각을 정확히 전하기보다, 클라이언트인 명품 선전을 우선으로 하기 때문일 것이다. 뭐 비즈니스이니.

딴소리지만, 드디어 셔츠와 넥타이를 쓸 기회가 왔다. 4월부터 텔레비전 도쿄의 「캄브리아 궁전 — 무라카미 류의 경제 라이브 토크」라는 프로그램의 사회자라 할까, 진행자로 출연하게 됐다. '너희들, 많이 기다렸지, 드디어 올봄에 너희 차례가 온단다.'라고 속삭이면서 아직 한 번도 입어 보지 않은 채 옷장에 잠들어 있는 셔츠를 바라보는 일이 많아졌다.

지팡이를 멋지게 들기

사고 싶은 것이 있다. 지팡이다. 이유는 잘 모르겠지만, 옛날부터 갖고 싶었다. 파리의 숙소 옆에 지팡이와 우산을 파는 가게가 있어서 언젠가 사야지 생각했지만, 트렁크에 들어가지 않을 것 같아 기회를 놓쳤다. 일본 사회에서 지팡이는 아무래도 고령자나 다리가 불편한 사람을 위한 것이라는 이미지가 강하다. 그러나 어떤 의료 관계자에게 들은 이야긴데, 고령자가 아니어도 지팡이를 들고 다니면 사고 예방에 좋다고 한다. 어떤 책에는 지팡이가 체중의 10분의 1을 줄여 지탱해 준다고 나와 있다. 나는 허리가 좋지 않으니 지팡이가 더욱 중요한 버팀목이 될 것이다.

고령자가 심각한 질환에 빠지는 단계는, 먼저 길에서 넘어져 다리나 허리뼈가 부러져서 입원하고, 입원 중에 몸이 쇠약해지고 면역력도 떨어져서 기회감염증에 걸리는 식일 것 같다. 그런 사태를 막는 수단으로 지팡이는 아주 유효하다. 하지만 현실에서는 '지팡이를 짚는' 것이 노인의 상징이 되어서, 내가 다음에 지팡이를 살 거라고 했더니 "네? 아직 그럴 나이 아니잖아요?" 하며 다들 놀랐다.

유럽에서는 지팡이 든 신사를 흔히 본다. 고령자만의 것이 아니며 중년 남성도 지팡이를 들고 걸어다닌다. 그들은 참으로 자연스럽고 아주 잘 어울린다. 뭐가 다른지 생각해 보니 지팡이를 들고 걸어가는 아저씨들은 등을 쭉 펴고, 깔끔한 패션에, 들고 있는 지팡이 자체도 멋있다. 허리가 나빠지기 전에 예방책으로 지팡이를 드는 편이 좋다. 원래 인간의 직립 보행은 아주 부자연스러워서 허리에 막대한 부담을 준다는 지적도 있다. 태고의 선조들은 지금의 원숭이처럼 네 다리로 몸을 지탱했다. 그 후 우리 몸이 극적으로 변화한 것이 아니라 부자연스러움을 희생하고 두 발 보행이라는 편리함을 선택한 것이다. 두 발 보행은 손을 자유롭게 쓸 수 있어서 편리하다. 그런 부자연스러움을 보충하는 것이 지팡이다.

지팡이가 어울리는 패션은 어떤 느낌일까. 바로 떠오르는 것은 코트와 장갑이다. 스포티한 차림보다 고상한 편이 어울린다. 모자도 좋지만 나는 머리가 커서 안 어울리므로 제외한다. 스웨터나 머플러도 지팡이에 어울린다. 구두는 되도록 딱딱한 하프 부츠로 맞추는 게 좋겠다. 의외로 어울리는 것이 청바지, 절대 어울리지 않는 것이 한 벌로 입은 저지다.

그리고 지팡이 말인데, 인터넷에서 검색해 보니 참 세련된 것이 많았다. 스네이크우드(협죽도과의 덩굴성 상록 관목 — 옮긴이)라는 최고급 소재로 만든 지팡이는 100만 엔이 넘었다. 그립이 은이고 본체가 귀중한 재료로 된 것이 최고가 아닐까 싶다. 그립에 동물을 새긴 것도 있다. 동물은 주로 개나 말이나 사자나 여우지만, 내가 탐나는 것은 영국 드라마 「명탐정 포와로」에서 데이비드 서쳇이 분한 포와로가 들고

있던 물새 그립이 달린 지팡이다. 지팡이를 여러 개 사서 산책
용과 정장용, 데이트용으로 구분해서 사용할 생각이다.

호텔 스파가 좋다

드디어 텔레비전 토크 프로그램 「캄브리아 궁전」을 진행하기 시작했다. 당연히 스타일리스트가 있다. 나는 내 슈트와 셔츠와 넥타이와 티셔츠를 스타일리스트에게 미리 보여 주었다. 입을 기회가 없는 셔츠가 잔뜩 있거든요, 라는 의사 표시인 셈이었다. 그런데 스타일리스트는 내 취향을 보여 주는 거라고 생각했는지, 촬영 당일 다른 셔츠와 넥타이를 준비해 왔다. 준비한 옷들도 훌륭했지만, 어쨌거나 여기서 내 옷을 안입으면 이렇게 바보같이 셔츠를 사 모으는 이유가 없어진다. 스타일리스트는 고상하고 멋진 분위기의 여성이어서 말 꺼내기가 어려웠다. 그러나 큰마음 먹고 "내 옷으로 입고 싶습니다만," 하고 말했더니 기꺼이 들어주었다. 지금까지의 녹화는 구두 이외에 전부 내 옷을 입고 출연했다. 「캄브리아 궁전」의 평판이 어떤지 아직 잘 모르겠지만, 어쨌든 셔츠를 비롯해 내옷을 입고 출연해서 기쁘다.

국내에서 유일하게 정기적으로 쇼핑을 했던 니시신주쿠 호텔의 편집숍이 없어졌다. 폐점 소식을 듣고 절규했다. 이제 어디서 에트로 넥타이를 사야 좋을지 몰라 슬펐다. 점심을 먹고 가볍게 들러 스웨터나 넥타이, 티셔츠를 사는 것이 스트레스 해소에 좋았는데. 작년 가을에 폐점한 이후 단 한 개도 못 샀다. 도내에서 쇼핑하는 습관이 없어졌다. 편집숍은 지하 1층에 있었는데, 최상층에 있던 프렌치 레스토랑이 지하 1층으로 옮겨와서 문을 닫은 것 같다. 프렌치 레스토랑이 있던 최상층에는 무엇이 생겼냐면 스파다.

어째서 호텔에 스파가 없으면 안 되는지 항의하고 싶은 기분이었지만, 그러기엔 내가 호텔 스파를 너무 잘 이용한다. 동남아시아 리조트뿐만이 아니라 최근에는 대도시에도 스파가 있는 호텔이 늘었다. 하우스텐보스에 있는 호텔 유로파의 스파 'RIN'에도 자주 가고, 상하이 호텔에서도 거의 매일 실내 풀장과 스파에 다녔다. 하지만 나는 공간이나 인테리어나 사생활 보호 면에서 비교할 수 없지만, 지방 온천의 대욕탕 옆에 있는 족탕이 더 편하고 값도 싸서 좋다. 그래서 기회가 있을 때마다 친구에게 그렇게 얘기했다. 일본에는 옛날부터 온천 마사지라고 하는 훌륭한 스파가 있다. 그런 전통적이고 서민적인 장소가 힐링 효과도 더 높다고 주장해 왔다.

그런데 최근 내게 미묘한 변화가 찾아왔다. 중국 항저우의 호텔 스파에서 아로마 오일 향과 함께 귀엽고 몸집이 자그마한 여성의 작은 손이 등을 풀어 줄 때, 이제껏 느낀 적 없는 안락함을 맛보았다. 그것이 계기가 되었는지, 호텔 스파도 편히 즐기게 됐다. 전에는 호텔 스파와 지방 온천의 차이는 단지 꽃잎을 띄운 수반이 있는가, 없는가라고 줄곧 주장했는데, 아닌 걸 알게 됐다. 대체 어떤 변화가 내 속에서 일어난 거냐고 지인에게 물었더니, "단순히 스파 분위기에 익숙해진 것 아냐?"라고 했다. 그럴지도 모른다.

프랑크푸르트의 명품 매장 거리

독일 월드컵 관전과 취재를 위해 독일 프랑크푸르트에 왔다. 프랑크푸르트를 기준으로 각 도시 스타디움 사이를 이동하고 있다. 프랑크푸르트를 경유지로 이용한 적은 있지만 체재는 처음이다. 차분한 도시라 아주 호감이 간다. 경기가 없는 날에는 쇼핑을 나간다. 그리 크진 않지만 명품 매장 거리가 있다. 명품 매장 거리에 가기 전에 카메라 가게에 들러 관전용으로 쌍안경을 사기로 했다. 차이스 휴대용 쌍안경을 오랫동안 사용했지만, 케이스가 낡아 새것이 갖고 싶었다.

본고장답게 차이스 쌍안경이 줄줄이 진열되어 있었고, 제일 위 칸에 라이카 쌍안경이 두 종류 있었다. 가격은 라이카가 조금 비쌌다. 왜 그런지 점원에게 물었더니, "라이카니까요." 란다. 알 것 같기도 모를 것 같기도 한 답이 돌아와 시험 삼아 한번 보았다가 높은 해상도에 놀라 당장 사 버렸다. 다음 날 바로 라이프치히의 경기에 들고 갔더니, 반대편 스탠드를 빼곡하게 메운 스페인 응원단 한 명 한 명의 얼굴이 기분 나쁠 정도로 선명하게 보였다. 노안이 된 뒤 처음으로 돋보기를 맞취 썼을 때가 떠올랐다. 선명하게 감지할 수 있는 것에는 근원적인 쾌감이 있다.

　나는 명품 매장 거리에서 여름용 레저 스니커를 살 생각이었다. 작년에 피렌체에서 산 세 켤레 중 한 켤레를 독일에 가져왔다. 축구 관람을 하려면 상당히 오래 걸어야 한다. 그럴 때는 발이 편한 레저 스니커가 최적인데, 한 켤레만으로는 신다가 밑창이 떨어질 위험이 있다. 그래서 한 켤레 더 보충하기로 했다. 딱 맞는 신발이 있어서 산 김에 색을 맞추어 벨트도 샀다. 독일 날씨가 갑자기 더워져서 폴로셔츠도 필요했다. 어느 명품 매장에서 폴로셔츠를 찾았더니, 리넨이 190유로나 했다. 3만 엔 가까이 하는 폴로셔츠는 어쩐지 무리라 생각해서 사지 않았다.

　다른 가게에서 80유로짜리 면 폴로셔츠를 발견해서 그걸 석 장 샀다. 문득 내가 검약가가 됐다는 사실을 깨달았다. 이 탈리아였다면 그 자리에서 거침없이 190유로짜리 폴로셔츠를 샀을 것이다. 어째서 자중했을까, 자문하다 '여기가 독일이기 때문'이라고 결론 내렸다. 종교 개혁을 이룬 나라인 독일은 합리성과 진실함과 강건함이 모든 개념의 기본이다. 독일인은 간소하고 단순한 아름다움을 좋아한다. 그래서 각 유명 브랜드 매장의 인테리어나 점원의 태도에 이탈리아나 프랑스에는 없는 '소심함'이 느껴진다. "이렇게 비싸고 화려한 것을 판다는 것이 마틴 루터를 낳은 나라 국민의 한 사람으로 사실은 괴롭습니다." 같은 분위기가 가게 전체에 떠도는 것 같다. 신주쿠 동쪽 출구에 떡하니 커다란 매장을 갖고 있는 유명 브랜드도 프랑크푸르트에서는 조용하고 겸손하고 민망한 듯이 영업하는 듯한 인상이다. 그것이 좋은지 어떤지는 모르겠다.

다만 평소 쇼핑을 좋아하는 내가 영향을 받은 것은 확실하다.
나는 독일에서는 검약가가 됐다.

인터넷에서 사고 싶은 것

4월부터 텔레비전 도쿄의 「캄브리아 궁전」이라는 경제 토크 프로그램의 인터뷰어를 맡고 있다. 방송 시간 자체는 그리 길지 않지만, 녹화와 제작 회의를 하느라 정기적으로 시간 제약을 받는다. 하코네에 틀어박혀 소설 쓸 시간을 내기가 여의치 않다. 어려워진 게 아니라 간단하지 않다는 말이다. 외국 여행도 마찬가지다. 2, 3주씩 하는 여행은 녹화와 미팅 중간에 미리 계획을 세워야 한다. 성가시긴 하지만 작가가 아니었다면 당연히 해야 할 일일지도 모른다. 자유 시간을 2주씩이나 마음대로 낼 수 있는 사람은 별로 없다.

『반도에서 나가라』라는 장편 소설을 2년 가까이 쓰면서 하코네에서 집필하는 게 습관이 됐다. 혼자 아무도 만나지 않고 2주 가까이 작품과 마주하는 것은 힘든 일이지만, 충실감을 느끼며 내가 작가란 걸 확인할 수 있다. 또 하코네에서는 1인분의 식료품비 이외에는 거의 나가는 비용이 없고, 그 대신 원고가 쌓이니 '이득을 본 기분'이 든다. 2, 3일 간격으로 빵이나 토마토, 우유 정도만 사니 "3일 동안 850엔밖에 쓰지 않았네." 하고 금욕적인 인간이 된 것처럼 뿌듯하다.

그 사실을 아내에게 자랑했더니, "하지만 아마존이나 인터넷에서 쇼핑하잖아?"라고 해서 뜨끔했다. 작품 자료와 원고를 다 쓰고 자기 전에 볼 DVD 주문 등 아마존에서 하는 쇼핑이 적지 않다. 클릭 한 번으로 주문할 수 있고, 당연하지만 지갑은 건들지도 않으니 돈을 썼다는 실감이 안 난다. 아마존이 없었다면 『반도에서 나가라』의 방대한 자료를 그토록 신속하게 입수하지 못했을 것이다. 독개구리 사육과 화약 공학과 고층 빌딩의 공기 청정과 배관, 내각부의 인원 배치와 촉진 매뉴얼과 동아시아 지정학 등의 참고 도서를 하코네 근처 책방에서 구하는 건 무리다. 지방은 교외형 대형 서점이 주류인데 만화와 잡지 종류는 많지만, 어째서인지 전문 서적은 거의 없는 거나 다름없다. 빠르면 이틀 후에 자료가 도착하는 시스템은 외출하기 귀찮아 하는 작가에게는 그야말로 획기적이다.

반면 생각해 보면 인터넷 쇼핑으로 인해 나는 점점 게을러졌다. 작년에 피렌체에서 알게 된 수영복 브랜드가 있다. 수영복과 트렁크와 목욕 수건과 선글라스를 파는 '펍'한 가게에서 봤다. 어린이용 수영복과 트렁크가 있어서 아들이 어릴 때부터 그 가게에서 세트로 사곤 했다. 별나게 긴 이름을 가진 브랜드였는데 새로운 디자인의 최신 모델을 사려고 여러 사람에게 물어봤지만, 아무도 그 브랜드를 몰랐다. 그런데 인터넷에서 찾아보니 온라인 가게가 멀쩡하게 있었다. 생트로페가 본점으로 프랑스제였다. 한참 망설였지만 온라인에서 사는 것은 포기했다. 수영복까지 인터넷에서 사면 인생이 재미없어질 것 같았다.

하와이에서 발견한 맛있는 식재료

작년에 이어 올해도 마우이에서 여름휴가를 보냈다. 주방이 딸린 콘도라 식료품을 사야 하지만 직접 요리하는 것은 전혀 힘들지 않다. 메뉴는 대체로 정해져 있다. 뜨거운 팬에 고기나 생선, 새우를 구워 먹는다. 차로 가면 몇 분 걸리는 거리에 아주 큰 슈퍼마켓과 쇼핑몰이 하나씩 있어서 식재료를 간단히 구할 수 있다. 쇠고기와 돼지고기와 닭고기, 그리고 가끔 양고기를 샀다.

특히 쇠고기는 믿을 수 없을 정도로 쌌다. 미국 소의 광우병이 걱정되지 않느냐 할지도 모르지만, 어떤 이유가 있어서 걱정하지 않는다. 이유는 설명하기 귀찮으니 여기선 쓰지 않겠다. 가장 비싼 쇠고기 안심도 1파운드에 15달러다. 100그램이면 300엔 조금 넘는다. 안심이라 지방이 거의 없고 아주 부드러우며 쇠고기 향과 맛이 제대로 난다. 일본의 차돌박이는 지방이 많아서 고기를 먹는지 지방을 먹는지 모를 정도다. 스키야키나 샤부샤부를 먹는다면 차돌박이가 맛있긴 하지만 지방이 많은 것은 어쩔 수 없다.

차돌박이가 아닌 진짜 쇠고기 맛에 눈을 뜬 것은 프랑스의 코트다쥐르, 니스와 모나코의 중간에 있는 유명한 리조트 호텔의 레스토랑이었다. 대표 요리인 레드 와인 소스 송아지 '고기 스테이크'를 먹었는데, 표면은 바삭하게 굽고 안은 신선한 쇠고기에 육즙과 레드 와인과 각종 향신료를 섞은 소스를 끼었었다. 군더더기가 없는 요리여서 이것이 쇠고기 맛이구나, 하고 처음으로 깨달았다. 스키야키는 육수, 샤부샤부는 폰스(등자나무 열매를 짜서 만듭 즙 — 옮긴이)나 참깨 소스 맛이 강해서 쇠고기 본래의 맛이 옅어진다.

고기 말고 참새우나 바닷가재, 가리비, 연어를 구울 때도 있다. 어른 손바닥만 한 표고버섯을 버터에 살짝 볶으면 이탈리아의 포르치니 버섯에도 뒤지지 않는 농후한 맛이 난다. 고기와 송이버섯, 양송이는 레드 와인과 잘 어울린다. 슈퍼에서 나파와 소노마, 알렉산더 와인을 고르는 것도 즐겁다. 지금은 '오퍼스 원'이 프랑스의 그랑 크뤼보다 비싸졌지만, 10여 년 전에는 50달러 전후 가격에 살 수 있었다.

당연한 얘기지만, 캘리포니아 와인은 프랑스 와인과 다르고 이탈리아 와인과도 비슷하지 않다. 희미하게 단맛이 나고, 투명감이 있어서 왠지 애틋한 느낌이 든다. 캘리포니아 와인은 영화, 팝 음악, 남미 문학 등과 마찬가지로 비유럽인 '신세계'만이 가진 문화다. '오퍼스 원' 이외에도 훌륭한 레드 와인이 많고, 게다가 싸다. 고가의 와인이어도 좀처럼 100달러를 넘는 일이 없다. 나파 밸리 오크빌의 '파 니엔테'가 100달러 남짓하고, 나머지는 40달러만 내면 깊은 맛의 레드 와인을 맛볼 수 있다. 나파의 '그르기치 힐스(GRGICH HILLS 2002)', '그로스(Groth 2003)', 알렉산더 밸리의 '페라리 카라노(FERRARI

CARANO 2002)’, ‘조던(Jordan 2002)’ 그리고 에드나 밸리의 ‘파라곤(PARAGON 2002)’, ‘피노 누아(Pinot Noir)’ 등이 이번에 마셔 보고 인상에 남은 와인이었다.

백화점 지하의 깨강정

인터넷 영상 배급 서비스 일로 서울에 갔다. '한국 영화인과 연속 대담'이라는 기획으로, 「친구」와 「태풍」 등으로 잘 알려진 곽경택 감독을 비롯한 세 명의 영화감독을 만나 이야기를 나누었다. 연속 대담이라 앞으로도 몇 번 더 서울에 가겠지만 무척 기대된다. 한국은 옛날에는 남성 천국으로 불렸다. 그런 인상은 지금도 희미하게 남아 있지만, 최근에는 여성에게 압도적인 인기가 있는 것 같다. 한국에서는 일단 식사가 언제나 가슴 설렌다. 나는 항상 명동에 있는 호텔에 머무는데, 좋아하는 식당이 가깝기 때문이다.

이번에는 평소 좋아하는 해산물 음식점뿐만 아니라, 명동을 직접 돌아다니거나 혹은 친구들에게 물어서 다른 가게도 개척했다. 오전 중에 일이 끝나면 점심으로 뭘 먹을지 생각할 때부터 벌써 가슴이 두근거린다. 3분만 걸으면 '원조 삼계탕' 가게가 있고, 2000엔 정도로 오골계 삼계탕을 먹을 수 있다. 불고기를 먹고 싶으면 호텔 바로 앞 숯불구이 집에 가면 된다. 명동을 어슬렁어슬렁 걸어 복작복작한 골목으로 들어가 적당한 가게를 찾는 것도 즐겁다.

오후 일이 끝나면 호텔 수영장과 사우나에 간다. 시간 여유가 있으면 세신과 마사지를 부탁해 몸도 마음도 재충전한 다음 저녁을 먹으러 나간다. 오늘은 한국 친구에게 들은 그 돼지고기 전문점에 가 볼까, 곽경택 감독과 갔던 전라도 요리 한정식 가게에 한 번 더 갈까, 낮에 발견한 골목 안 포장마차에 가 볼까 등등 생각만 해도 설렌다.

앞에도 썼지만, 명동 롯데 백화점 명품관의 상품이 충실해서 쇼핑도 즐거워졌다. 예전에는 한국에서 주로 김이나 인삼, 김치, 안경 등을 샀는데, 지금은 다르다. 명품관 10층에는 스파와 에스테틱이 있는데, 스파 마사지는 스웨덴식과 한국식을 섞은 독특한 스타일이다. 면세점이 아니라 가격이 싸진 않지만 주요 브랜드가 다 모여 있어서 쇼핑하기 편하다.

쇼핑을 마친 뒤, 연락 통로로 연결된 백화점 지하 식료품 매장에 가면 끝이 보이지 않는 넓은 공간에 김치와 젓갈과 전통 과자가 죽 늘어선 모습에 압도된다. 나는 매번 깨강정을 산다. 잣이 박힌 것도 있다. 깨강정은 한국 식문화의 하나로,『반도에서 나가라』에도 등장한다. 깨강정 만드는 법을 내레이션으로 넣음으로써『반도에서 나가라』는 정치 소설 중에서도 특히 처참한 장면을 인상적으로 묘사할 수 있었다. 이 책을 읽지 않은 독자는 무슨 소린지 모르겠지만, 어쨌든 깨강정에 남다른 애정이 있다. 일본에 돌아와 잔뜩 사 온 깨강정을 먹으니『반도에서 나가라』를 썼던 날들과 서울에서의 추억이 아련히 교차한다. 흑임자나 깨를 뭉쳐 놓기만 한 단순한 과자인데, 단맛이 적어서 물리지 않는다.

진화하는 중국 패션

상하이를 무대로 한 작품을 구상하고 있어서 한 해에 두 번꼴로 중국을 방문한다. 봄가을에 주로 가는데, 봄에는 비교적 짧게 가을에는 좀 길게 머문다. 가을은 상하이 게 철이라 아무래도 오래 있게 된다. 상하이의 단점은 교통 매너가 최악인 것과 푸둥 공항에서 입국할 때 오래 기다린다는 것이다. 기다리게 하는 것은 한때 호놀룰루나 LA도 심했다. 하지만 미국은 입국 심사장 입장을 제한하거나, 심사 카운터 앞에 대기 라인을 정비해서 혼란을 최소화했다. 그런데 어찌된 일인지 상하이에서는 사람들이 우르르 몰려서 서로 밀치고 야단법석이다. 몹시 불쾌해서 언젠가부터 나는 상하이를 피해 중국에 입국하게 됐다.

지난번에는 항저우로, 이번에는 광저우로 입국했다. 중국에서 주로 하는 쇼핑 품목은 쿤밍의 푸아르 차(茶)와 한방약과 그 재료를 제외하면 아무래도 실크와 캐시미어다. 쑤저우에는 셀 수 없을 정도로 가서 실크 이불과 커버와 베개와 시트를 친구 것까지 몽땅 샀다. 유명한 쑤저우의 실크 센터 2층에 실크 제품이 진열되어 있는데, 아직 디자인이 촌스럽다. 그래서 멋과는 다른 의미에서 호랑이며 용이며 한자가 프린트된, 영화 「이어 오브 더 드래곤」(1985)에 등장할 법한 차이나 셔츠를 샀다. 실크로는 양질이라 여름에 입으면 시원하고 기분이 좋지만, 검은색 바탕에 금색 호랑이나 용이 그려진 셔츠를 입으려면 상당한 용기가 필요하다. 선글라스를 끼고 단골 바에 갔다가 그 계통 사람으로 오해받은 적도 있다.

하지만 최근 심플한 디자인의 상하이 셔츠가 나왔다. 셔츠란 폴로든 긴소매 면 셔츠든 티셔츠든, 얼마만큼 정확하게 군더더기를 배제하는가, 또 얼마만큼 티 나지 않게 연구했는가로 디자인의 좋고 나쁨이 결정된다. 촌스러운 셔츠는 무언가가 부족한 게 아니라 군더더기가 두드러진다.

그런 점에서 캐시미어 스웨터는 중국에서 사면 득인 제품이다. 검은색, 감색, 회색 스웨터는 목둘레 디자인도 한정되어서 소재만 확실하다면 그것으로 충분하다. 이탈리아제 캐시미어 스웨터 한 장 가격으로 상하이에서 열 장은 살 수 있다. 질이 좋은 제품일수록 내구성은 결여되니, 이를테면 검은색 브이넥 같은 것은 몇 장이 있어도 귀하다. 이탈리아제 캐시미어 스웨터에서 보풀을 발견하고 경악하는 심장에 좋지 않은 사태도 중국제라면 피할 수 있다.

그리고 보니 LA의 센추리 시티 쇼핑몰에 디자인도 나쁘지 않은 중국제 캐시미어 제품을 파는 가게가 있었다. 어떤 여성 영화 프로듀서가 알려 줘서 쿠바에서 돌아오는 길에 종종 들러 기념품으로 사 왔는데, 재작년에 갔더니 가게가 없어졌다.

이번에 중국 광저우에서는 레저 스니커를 샀다. 아주 가볍고 디자인도 나쁘지 않지만, 의류나 구두 디자인은 급속히 세련되어질 수 있는 게 아닌 모양이다. 만약 중국 기성복이 놀라울 정도로 세련되게 변하면 어떻게 될까. 그 무렵에는 공업이나 부동산 개발을 중심으로 한 경제 성장이 감속할지도 모르겠지만……

짝퉁 시계

내가 연출한 쿠바 밴드의 콘서트가 끝난 뒤 또 서울에 갔다. 소설 취재와 한국 영화의 현 상황을 조사하기 위해서다. 명동 호텔에 머물며 주변 식당과 포장마차에서 한국 음식을 실컷 먹었다. 명품관에서 쇼핑도 했다. 이탈리아, 프랑스, 영국의 여러 브랜드가 모여 있어서 쇼핑하기 편했다. 하지만 면세점도 아닌 데다 최근에는 원화가가 올라 절대 싸다고는 할 수 없었다.

남대문 시장이나 명동의 일부 빌딩에는 '짝퉁' 상품만 파는 가게가 여전히 많다. 당연히 압도적으로 싸다. 한동안 관찰했는데, 일본인 관광객은 전혀라고 해도 좋을 정도로 모조품을 상대하지 않았다. 대체 누가 살까 싶지만, 파는 쪽은 필사적이다. "완벽한 모조품만 있어요." "안심해도 괜찮아요, 전부 짝퉁이니까." 하는 기묘한 유혹 문구로 손님을 가게로 끌어들인다.

지난번 서울에 왔을 때, 심야에 명동역 옆 족발 전문점에서 배불리 먹고는, 모두 얼얼하게 취해서 모조품 파는 곳이 많은 상점가로 들어갔다. 그냥 놀려 주자는 생각에 빌딩 안으로 들어갔는데, 스태프 한 명이 영업 잘하는 점원에게 잡혀 버렸다. "제일 좋은 모조를 보여 줄게요." 하는 점원을 따라 진열장에 줄줄이 늘어놓은 시계를 구경하고 있었다. 이런 시계를 갖고 싶었어요, 하고 그는 어느 유명 브랜드를 복제한 손목시계를 들었다. 진짜라면 200만 엔 가까이 하지만, 모조품은 50분의 1 가격이었다. 하지만 50분의 1이라는 가격이 싼지 어떤지 몰라 그는 망설였다. 그러고 보니 모조품은 적정가를 알 수 없다.

망설일 정도면 큰마음 먹고 사 버려. 졸려서 빨리 호텔에 들어가 자고 싶은 나는 그렇게 말했다. 그는 내 말에 등 떠밀리듯 그 시계를 샀다. 빌딩을 나갈 때, 모조품 한 개 갖고 있는 게 들키면 나머지 진짜도 전부 가짜로 의심받을걸, 그랬더니 그는 파랗게 질려 "사라고 한 건 류 씨잖아요." 하고 우는 소리를 했다. 술 취한 나를 믿은 사람이 나쁘지, 라고 말하자, 그렇군요, 하고 그는 포기한 듯한 표정이 되었지만, 그래도 금방 산 모조 시계를 손목에 차더니 그리 싫지 않은 표정을 지었다.

이번에 그는 그 모조 시계를 서울에 가져왔다. 일주일쯤 잘 가더니 그 뒤로 하루에 몇 시간씩 틀린다고 했다. 그래서 물건을 산 가게에 가져가 항의하겠다고 했지만, 나는 포기하라고 했다. 무엇보다 영수증이 없어서 그 가게에서 샀다는 증거가 없었다. 그렇지만 억울하잖아요, 하고 그는 포기 못 하겠다는 표정을 지었다. 50분의 1 가격이라 해도 상당한 액수였다.

또 족발 전문점에 갔다가, 그와 나는 취기를 빌어 모조 시계를 산 빌딩으로 갔다. 반품이나 수리는 물론 어떤 클레임도 받아 주지 않을 거라고 반쯤 포기했지만, 점원이 어떤 태도로 나올까 하는 호기심으로 가게까지 간 것이다. 그러나 똑같은 가게가 죽 늘어서 있어서 어느 가게에서 샀는지 알 수 없었다. 간신히 가게를 발견했지만 물건을 판 점원은 없었다. "충동구매를 한 자신에 대한 벌로 움직이지 않는 손목시계를 책상 위에 장식하는 게 어때?" 그랬더니, 그는 힘없이 고개를 끄덕였다.

첫 쇼핑

이 연재 에세이도 마지막이다. 꼭 마지막이라서는 아니지만, 지금까지 가장 인상에 남은 쇼핑에 관해 써 보겠다. 벌써 31년 전 일이지만, 데뷔작 『한없이 투명에 가까운 블루』가 아쿠타가와상을 받고 난 직후에 단행본이 발매됐다. 그때까지 나는 부모님에게 월 5만 엔씩 생활비를 송금 받으며 살았는데, 눈 깜짝할 사이에 책이 베스트셀러가 되더니 급기야 출판사에서 20만 부의 인세가 들어왔다. 전혀 실감 나지 않는 액수였다.

너무 큰돈이라 어떻게 써야 할지 몰라 당황스러웠다. 이제껏 월말이 되면 돈이 똑 떨어져서 생활비가 오면 가쓰동을 먹어야지, 하는 사소한 희망을 안고 살아왔다. 모처럼 큰돈이 생겼으니 뭔가 사자 생각하고 일단 은행에 돈을 찾으러 갔다. 창구에 줄을 서 있으니 은행 지점장이 나와, 이쪽으로 오십시오, 하더니 응접실로 안내했다. 인출 금액을 묻고, 차가 나오고, 잠시 후 눈앞에 100만 엔이 든 현금 봉투가 놓였다.

나는 그 100만 엔이 든 봉투를 면바지 주머니에 넣고 아

키하바라로 향했다. 스테레오를 사기로 한 것이다. "스피커와 앰프, 레코드플레이어, 오픈 릴 테이프 데크, 그리고 카세트데 크를 사고 싶은데 예산은 100만 엔입니다." 하고 점원에게 말했더니, 이것저것 균형 있게 추천해 주었다. 나로서는 최고의 것을 손에 넣은 기분이었다. 스피커는 내 상상 이상으로 커서 들고 올 수 없었다. 지금까지 내가 산 오디오 장치는 들고 올 수 있는 것뿐이었구나, 하고 돌아오는 전철에서 생각했다.

그것이 내가 번 돈으로 산 첫 '큰 쇼핑'이었다. 하지만 내가 번 돈이라는 실감이 나지 않았다. 책이 잘 팔려서 큰돈이 들어온 것은 그때까지 몇 번 경험했던, 공사 현장에서 아르바이트해서 번 돈과는 분명 질이 달랐다. 『한없이 투명에 가까운 블루』는 일주일 만에 쓴 작품이었다. 습작 노트는 있었지만, 실제로 원고지에 쓴 것은 처음이라 문자 그대로 먹고 자는 일을 잊고 완성했다. 힘든 작업이었지만 고생은 하지 않았다. 마치 처음부터 그 작품이 이 세상에 존재한 듯 홍수처럼 말이 쏟아져서 눈 깜짝할 사이에 다 썼다.

그런 작품이 상품화되어 시장에 나가 이익을 낳고 저작권 인세로 은행 계좌로 돈이 들어오고, 그 일부를 찾아 엄청나게 큰 스피커를 산 것이다. 머리로는 이해해도 전혀 실감이 나지 않았다. 그런 생각은 사실 지금도 변함이 없다. 다만 한 가지 강하게 자각한 것이 있다. '큰돈이 들어왔으니 이제 자유로워졌구나.' 쇼핑이 기분을 좋게 해 주는 이유는 갖고 싶은 것을 손에 넣어서만은 아니다. 갖고 싶은 것을 고르고 사는 행위는 자본주의적인 자유의 상징이다.

하지만 데뷔 작품이 밀리언셀러가 되어서 내 작가 인생이 행복해졌는지 어떤지는 잘 모르겠다. 새 소설 단행본이 나오면 100만 부라는 기억이 지워지지 않고 남아 있기 때문이다. 당연하지만, 밀리언셀러가 평생에 몇 권씩 나올 리 없다. 그래서 나는 신간을 낼 때마다 일말의 쓸쓸함을 느낀다.

밀라노

태어나서 처음으로 밀라노를 방문한 것은 1986년 초여름이었다. 당시 나는 테니스 토너먼트에 인생의 반 정도를 바치고 있었다. 시간만 나면 집 근처 코트에서 이웃집 아저씨, 아주머니들과 테니스를 쳤다. 프로 경기를 관전하는 것도 즐거웠다. 1985년 전미 오픈을 시작으로, 같은 해 호주 오픈 테니스 토너먼트도 관전하고, 1986년에는 몬테카를로 오픈, 프랑스 오픈, 윔블던, US오픈, 체코슬로바키아에서 열린 페더레이션컵, 뉴욕의 매디슨 스퀘어 가든에서 열린 마스터스, 플로리다의 키 비스케인에서 열린 여자 챔피언십 등의 대회를 '취재 기자' 자격으로 한 바퀴 돌았다.

프랑스 오픈과 윔블던 사이에 2주 간격이 있어서, 그동안 일본으로 돌아가지 않고 유럽에 계속 머물다가 이렇다 할 이유 없이 이탈리아에 가 보기로 했다. 그 무렵 나는 서른네 살이었는데, 젊지는 않았지만 사실 이탈리아는 첫 방문이었다. 작가로 데뷔한 지 10년이나 지났지만 유럽에 관해서는 거의 몰랐다. 여행을 하긴 했다. 작가로 데뷔한 이후 바로 뉴욕에 가서 두 달쯤 머물기도 하고, 동아프리카를 돌기도 하고, 리오 카니발에 가기도 하고, 동남아시아나 인도에도 갔다.

그런데 유럽은 멀리했다. 이유는 잘 모르겠지만, 유럽은 역사적으로나 문화적으로나 묵직한 느낌이라 젊을 때 찾아가면 녹다운 될 것 같았다. 어느 정도 나이를 먹고 '문화 무장'을 한 뒤 가는 편이 좋을 것 같았다. 처음 간 본격적인 유럽은 모나코였지만, 니스, 칸, 에즈, 생장카프페라 등 코트다쥐르의 지나친 세련됨에 사실상 녹초가 됐다. 20세기 말에도 이렇게 압도되는데, 19세기에 유럽 문화를 접한 나쓰메 소세키나 모리 오가이는 얼마나 충격이었을까.

파리에서 비행기를 타고 밀라노로 왔는데, 온전히 나 홀로 여행이어서 식사 등이 몹시 힘들었다. 처음 찾아가는 나라에서 혼자 능숙하고 맛있게 저녁을 먹기가 쉽지 않았다. 당시는 가이드북도 그다지 충실하지 않았지만, 나는 가이드북 자체를 별로 신뢰하지 않는다. 하지만 처음 간 밀라노는 꽤 재미있었다. 헤어 메이크업을 배우러 온 일본인을 만나, 그의 제안으로 신인 패션모델들과 같이 식사를 한 기억이 난다. 그때는 패션에 별로 흥미가 없어서 쇼핑은 거의 하지 않았다. 몬테나폴레오네 거리도 비토리오 에마누엘레도 그 존재조차 몰랐다. 당시는 이를테면 조르조 아르마니나 잔니 베르사체 등을 아는 사람도 몇 명 없었다. 그 후 일본을 덮친 버블이 모든 것을 바꾸었다.

로마

태어나서 처음으로 로마를 방문한 것은 1986년 초여름, 프랑스 오픈과 윔블던 대회 중간 시기였다. 밀라노에서 피렌체를 거쳐 열차로 들어갔다. 같은 규슈 사람인 JAL 로마 지점의 I씨가 안내해 주기로 했다. 하지만 그는 며칠 전에 갑자기 국내로 전근 발령이 나서 내 가이드를 해 줄 상황이 아니었다. 그런데 워낙 의리 있는 사람이라 짬을 내서 나를 안내해 주었다.

로마에는 3일 동안 있었다. 내가 윔블던 테니스를 보기 위해 런던으로 간 날과 I씨가 일본으로 돌아가는 날이 같았다. 엄청나게 바쁠 텐데 그는 로마의 맛집을 알려 주고, 마지막 날 밤에는 트라스테베레 지구에 있는 '사바티니'에 데려가 주었다. I씨는 일로도 사생활로도 그곳을 자주 이용했던 것 같다. 주인 할아버지가 "정말로 일본에 돌아가나요?" 하며 쓸쓸해 보이는 표정으로 자리에 왔고, 평소 I씨가 좋아하는 음식이 잇달아 테이블에 차려졌다. 우리는 엄청난 양의 파스타와 고기 요리를 먹었다. 주인 할아버지는 돌아오는 길에 차까지 배

응해 주었다.

초여름 노을이 주위를 감싸고, 공기가 분홍빛으로 물들고, 광장에는 교회 종소리가 울렸다. 감정에 솔직한 이탈리아인답게 할아버지는 I씨를 안으면서 눈물을 글썽거렸다. 아무 상관없는 나까지 감동해서 조금 눈물을 흘렸다. I씨는 로마에 5년이나 살다가 일본으로 돌아가니 눈물의 이별을 하는 것이 당연하다. 그런데 나는 고작 이틀밖에 머물지 않았는데, '로마여, 안녕'을 허밍으로 부르면서 눈물을 흘리다니. 바보 같다고 생각했지만 상황과 풍경이 너무나 로맨틱했다.

스페인 광장에 갔지만 주위 명품 매장에는 전연 흥미가 없어, 오드리 헵번 흉내를 내며 아이스크림을 먹으면서 광장 계단을 내려갔다. 당시는 나뿐만 아니라 대부분의 일본인이 브랜드를 몰라서 명품에 대한 흥미가 덜했다. 수상한 부자 아저씨들이 베르사체나 발렌티노를 입게 된 것 역시 버블 이후다. 버블은 경제 토픽뿐만 아니라 패션 문화의 한 획을 긋는 사건이었다고 생각한다. 부자가 된 나라에 패션 브랜드 기업은 그 옛날 칭기즈 칸처럼 봇물 터지듯 덮쳐 왔다.

추억 3

페루자

앞에서 몇 번 썼지만, 페루자의 첸트로는 아주 좁다. 그래서 걸어서 돌아다니기에 딱 좋다. 처음 페루자를 방문했을 때는 석 달 정도 머물렀다. 나카타 선수의 전력 중에서 지금도 회자되는 첫 홈경기인 유벤투스전, 다음 원정 경기인 산프드리아전, 홈의 라치오전 등 호(好) 카드가 연속으로 있었다. 분명 일본에서 온 저널리스트들도 나와 같은 기간에 페루자에 머물렀을 것이다. 하지만 유벤투스전이 끝난 뒤 일본인은 대부분 돌아갔고, 그다음 산프드리아전이 끝나자 페루자에 남은 사람은 상주하는 스포츠지 기자를 제외하면 거의 나 혼자였다.

나카타 선수와는 항상 저녁을 같이 먹었지만, 종일 함께 지낼 수는 없었다. 원고를 다 쓰면 시내를 산책했는데, 열흘쯤 지나니 이미 첸트로 구석구석까지 다 돌아 가게는 물론 어느 집에 어떤 고양이가 사는지까지 외워 버렸다. 자전거 바이크를 샀지만, 페루자 시내는 일방통행 일색이라 길을 잃어버리는 통에 지칠 대로 지쳐서 금세 질려 버렸다. 어떻게 시간을 보낼까 생각하다 이웃 도시를 찾아다니기로 마음먹었다. 페루자 주변에는 아름다운 소도시나 마을이 많았다.

처음 간 곳은 바로 옆 마을 아시시였다. 자전거 바이크로 갈 수 있는 거리도 아니고, 렌터카 빌리기도 귀찮아서 대절 택시를 이용했다. 안토렐리라는 이름의 운전기사는 로버트 드니로를 닮았다. 드니로를 스무 살 늙게 하고 살을 20킬로그램쯤 찌운다면 이런 느낌이겠다 싶은 얼굴이었다. 아마추어 게임 심판원 자격증을 갖고 있고, 축구를 아주 잘 알며, 맛있는 음식과 여자를 무진장 좋아하고, 영어를 조금 할 줄 알아서 내게 여러 가지를 가르쳐 주었다. 대절 택시가 필요할 때는 언제나 안토렐리를 불렀다.

아시시에는 몇 번이나 갔다. 나는 성프란체스코 대성당보다 산다미아노라는 소박한 수도원을 좋아했다. 수도원으로 이어지는 긴 언덕길 옆 경사지에 올리브 숲이 있었다. 올리브 잎의 겉면과 뒷면은 색이 미묘하게 달라서 빛의 양에 따라 나무 전체가 부옇게 보일 때가 있다. 윤곽이 희미한 올리브 나무들이 몇백 그루나 경사지에 늘어선 모습을 즐겨 봤다. 아시시 주택가를 걷는 것도 상쾌했다. 언덕길에 비좁게 집이 늘어서 있어서 고향 사세보가 생각났다.

그렇게 페루자에 머물다가 귀국할 때도 안토렐리의 차를 타고 로마 공항까지 갔다. 비행기 출발 시각 때문에 호텔을 떠날 때는 아직 어두운 새벽이었다. 도중에 드라이브인에 들러 커피와 빵을 먹었고, 또 달리니 날이 샜다. 움브리아 산 능선 곳곳에 고성(古城)이 있고, 양들의 무리가 천천히 이동하는 것이 보였다. 잘 지내려나, 하고 요즘도 가끔 안토렐리를 떠올린다.

추억 4

볼로냐

볼로냐를 처음 방문한 것은 1988년이다. 그해 나는 아메리카 라운드를 제외하고는 포뮬러 원, 즉 F1 레이스 경기를 모두 관전했다. 이탈리아의 이몰라 서킷(경주용 환상 도로 — 옮긴이)에서 산마리노 그랑프리가 열려서 바로 옆에 있는 볼로냐에 식사를 하러 갔다. 이몰라는 물론 이탈리아지만, 이탈리아 그랑프리라는 이름의 레이스가 열린 곳은 밀라노 근교인 몬차였다. F1 규정에 동일국에서 두 번 그랑프리를 개최하는 것이 금지되어, 이몰라에서 열린 그랑프리는 편의상 '산마리노 그랑프리'라 부른다. 참고로 산마리노 공화국은 엄연한 독립국이다. 페라리 본사가 있는 이몰라가 아니라 라벤나의 남쪽, 아드리아 해가 내려다보이는 티타노 산 위에 있다.

나는 당시 테니스 토너먼트 다음으로 F1 그랑프리에 빠져서 서킷을 전전했다. 1988년부터 1989년에 걸쳐 파리 다카르 랠리를 시작으로 열세 경기의 F1을 관전했고, 르망 24시간 레이스 경기와 영국과 핀란드에서 한 WRC(World Rally Championship) 랠리를 보았다. 핀란드 랠리는 통칭 '천호(千湖) 랠리'라 한다. 무수한 호수 주위를 달려서 그렇게 부른다. 나는 거기서 아톤이라는 슈퍼 16밀리미터 무비 카메라를 알게 됐다. 아리아렉스 16밀리미터로 천호 랠리 기록 영화를 찍은 참가자가 인디 상업 영화를 만들려면 아리아렉스가 아니라, 35밀리미터로 확대할 수 있는 아톤이 좋다고 가르쳐 주었다.

귀국해서 당장 아톤 카메라 두 대, 렌즈 네 개, 삼각대와 간단한 조명 기재를 샀다. 그리고 그것들로 영화 「토파즈」를 만들기 시작한 바람에 테니스 토너먼트에도 F1에도 가지 못했다. 이렇듯 테니스와 F1을 좋아했기에, 나는 토너먼트와 서킷을 돌면서 유럽을 알게 된 것 같다. 문학이나 음악이나 미술이 아니라 스포츠를 통해 유럽 문화를 접한 것이다. 어째서 음악이나 미술이 아니었는지 나도 잘 모른다.

어쨌든 그 무렵에도 폴리니의 가죽점퍼 이외에 명품 쇼핑은 거의 하지 않았다. 아톤은 프랑스제로 바다나 렌즈, 부속품을 전부 합치면 수천만 엔이나 됐으니 쇼핑을 하지 않는 것이 당연할지도 모른다. 그러나 패션에는 흥미가 없었다. 언제부터 유럽의 명품을 사게 되었는지 잘 기억나지 않는다. 어쩌면 나는 근본적으로 패션에 흥미가 없는지도 모른다.

볼로냐에서 가장 인상에 남았던 것은 앞에도 나오지만 '볼로냐의 고기 어묵' 가게 디아나(DIANA)다. 볼로냐에 가면 꼭 들른다. 2001년 9월 11일에 파르마에서 볼로냐로 당일치기 여행을 갔을 때도 그 가게의 고기 어묵을 먹었다. 뉴욕에서 동시다발 테러가 일어났을 때, 나는 볼로냐에서 고기 어묵을 먹고 있었다.

파르마

2001년 9월 11일, 파르마에 머물던 나는 볼로냐로 당일치기 여행을 갔다. '볼로냐의 고기 어묵'과 그 지역 와인을 만끽하고 구두와 선글라스를 사서는 이상하게 생긴 중세 탑을 천천히 구경한 뒤, 저녁 무렵 파르마로 돌아왔다. 피곤했지만 그대로 호텔 방으로 돌아오면 쇼핑하러 나갈 기력을 잃을 것 같아 근처 슈퍼에 파르메산 치즈와 생햄을 사러 갔다. 과연 본고장답게 고르는 데 애를 먹을 만큼 치즈와 생햄이 어마어마하게 진열되어 있었다. 과연 이만한 양을 일본에 가져갈 수 있을까 걱정될 만큼 치즈와 생햄을 잔뜩 샀다.

치즈와 생햄으로 가득 찬 커다란 비닐봉지 세 개를 들고 걷는데 손가락이 찢어질 것 같았다. 이렇게 많이 사서 트렁크에 다 들어갈지, 호텔 방까지는 도착할 수 있을지 불안해 하고 있는데 휴대전화가 울렸다. 나카타 선수 사무실의 국제부 여성이었다. "류 씨, 빨리 일본으로 돌아가세요." 하는 그녀의 목소리가 이상했다. 대체 무슨 일이냐고 물었더니, 모르세요? 하고 그녀는 뉴욕과 워싱턴에서 동시에 여객기를 이용한 대규모 테러가 일어났다고 알려 주었다.

나는 그렇게 9·11 테러 사건을 알았다. 치즈와 생햄이 가득 든 비닐봉지를 들고 뛰다시피 방으로 돌아와 텔레비전을 켜고 CNN을 보았다. 검은 연기를 올리며 무너진 세계무역센터가 되풀이해서 몇 번이나 나왔다. 정보가 뒤섞여 인터넷 뉴스를 봐도 어느 정도 피해가 발생했는지, 공중 납치되어 자폭한 여객기가 몇 대인지 알 수 없었다. 저녁에 나카타 선수와 사무실 스태프와 식사를 했다. 일본으로 돌아가는 비행기는 예정대로 운항을 할지, 대체 누가 무엇 때문에 이런 끔찍한 테러를 저질렀는지, 모두 놀라고 불안해 했다.

나는 오사마 빈 라덴이라는 고유명사를 알고 있었다. 내가 주재하는 《JMM》이라는 메일 매거진으로 온 원고 중에 전 유엔난민고등변무관 카부르 사무소 소장인 친구 Y씨의 리포트가 있었다. 그 문서에 오사마 빈 라덴이라는 인물이 미국과 미국인에게 사형을 선고하는 '파트와'(Fatwa: 어떤 사안이 이슬람법에 저촉되는지를 해석하는 종교적 판결 ─ 옮긴이)를 내렸다고 기술되어 있었다. 파트와는 이슬람 고위 지도자의 '통달' 같은 것이다. 다른 사람들은 놀라서 패닉이 되었지만, 나는 '결국 사형을 실행했구나.' 생각했다. 일본에는 원래 일정대로 돌아가기로 했다. 빈 라덴은 일본을 목표로 삼지 않았기 때문이다.

그 후 밀라노와 파리에서 각각 일박을 하고 일본행 비행기를 탔다. 미국으로 가는 대서양 편이 모두 결항되어 샤를 드골 공항 로비는 완전히 혼란에 빠져 있었다. 에어프랑스 라운지에서 탑승을 기다릴 때, 피난 경고가 두 번이나 나고 공항 안에 프랑스 대(對)테러 부대가 들어왔다. 지금도 파르메

산 덩어리와 생햄 팩을 볼 때마다 9·11의 충격이 되살아난다. 외국에서 그 뉴스를 들은 탓일까. 9·11이 내 속에서 풍화하는 일은 없을 것이다.

피렌체

피렌체는 독특한 도시다. 유명한 우피치 미술관을 비롯해서 수많은 명소가 있기에 전 세계 관광객이 찾아온다. 이탈리아가 통일된 것은 세계사적으로는 최근 일로, 그전에는 몇 개의 도시 국가로 나뉘어 있었다. 그 탓인지 어떤지는 확실치 않으나, 이탈리아 요리는 아주 보수적이다. 북이탈리아 일대에 쿨라텔로라는 유명한 햄이 있는데, 로마의 레스토랑에서 그 햄을 주문하면 웨이터는 이름조차 모르는 경우가 많다. 반대로 겨울의 로마에는 푼타렐라라는 맛있는 채소가 있지만, 밀라노 사람은 그 채소의 존재조차 모르는 경우가 많다. 다른 지방의 유명 식재료나 요리에는 흥미가 없는 것 같다.

이탈리아의 지방 도시나 마을에는 대도시 못지않은 유명 레스토랑이 많다. 페루자에서는 바로 근처에 있는 트레자노라는 작은 마을에 자주 갔다. 룽가로티라는 와이너리를 경영하는 '르토르바사'라는 이름의 5성급 호텔이 있는데 레스토랑 요리도 일품이었다. 또 제공하는 와인은 그 지역에서 재배하고 만든 뒤 재워서 전혀 이동하지 않는다. 마치 태어난 뒤

한 번도 다른 지방에 가 본 적 없는 공주님처럼 섬세하고 우아한 맛이었다. 밀라노 옆 베르가모에도 훌륭한 레스토랑이 있었고, 파르마 근처 피아첸차라는 도시에는 이탈리아 전역에서 미식가가 먹으러 온다는, 고성을 개장한 레스토랑이 있었다.

피렌체로 이적한 나카타 선수를 찾아간 것은 2005년 봄이었다. 그때 그와 토스카나의 몬탈치노에 사는 어느 저명한 화가 집에 놀러갔다. 화가인 키아 씨는 미술계에서 성공해서, 몬탈치노의 광대한 언덕 중턱에 아틀리에를 겸한 저택과 와이너리를 소유하고 있었다. 그는 와인 밭과 양조장을 사서 자신의 이름을 붙인 와인을 만들었다. 토스카나에는 전 세계 부자가 별장을 짓고 싶어 하지만 와이너리를 가진 사람은 적다고 했다. 일본에서 성공한 사람은 대체로 도시에 사는데, 키아 씨는 밀라노나 로마에는 전혀 흥미가 없는 듯했다.

성공한 화가가 자신의 와이너리를 소유하고 자신의 이름을 붙인 와인을 생산하고 판매한다는 것은, 이를테면 내가 교토 교외에 집을 짓고 밭과 양조장을 소유하고는 '류왕무(龍王舞)' 같은 이름을 붙여서 사케를 파는 것과 같다. 나는 '덴구마이'나 '고시노카게도라'가 있으면 충분하므로 그런 귀찮은 짓은 하지 않는다.

역사적으로 이탈리아 사람은 자기들이 사는 땅을 중심으로 생각하고 생활하지만, 그 자세는 의외로 글로벌리즘(세계를 하나의 통합체로 만들려는 생각이나 운동 — 옮긴이)과 잘 맞는다. 글로벌리즘은 국민 국가(민족 국가 — 옮긴이)의 테두리를 약화하는 장치를 내포하기 때문이다. 그것이 좋은지 나쁜지는 별개고, 이를테면 일본의 제조업 노동자는 중국이나 베트남 노동자와 경쟁을 강요당하고 있다. 국가의 틀이 약체화할 때 지방이 함께 피폐해지면 사람들은 자기 자신을 확인할 자리도, 휴식이나 힐링도, 그리고 동료도 잃어버린다. 물론 이탈리아의 모든 것이 훌륭하지는 않다. 하지만 피렌체 교외에 있는 토스카나의 아름다운 언덕을 떠올릴 때, 나는 지방의 자립과 충실에 관해 생각한다.

파리

　파리는 넓다. '돌아다니면 피곤해서'가 주된 이유지만 나는 숙소 주변밖에 모른다. 다만 뤼드박에 있는 그 호텔은 옷가게도, 맛있는 레스토랑도, 오르세 미술관도 걸어서 갈 수 있는 거리라 아주 편리하다. 설령 하루를 머물더라도 쇼핑과 충실한 식사를 즐길 수 있고, 미술관에도 갈 수 있어서 이탈리아나 네덜란드나 스페인 등 다른 나라에 갈 때도 대체로 파리를 경유한다. 다른 나라에서 일본으로 돌아가는 길이나, 저녁 무렵 파리에 도착했다가 다음 날 아침 샤를 드골 공항을 통해 귀국하는 경우에도 효율적으로 즐길 수 있다.

　생제르맹데프레에서 셔츠 가게를 발견한 뒤부터 그곳이 최우선이 되었지만, 그전에는 시간 여유가 나면 반드시 오르세에 갔다. 딱히 인상파를 좋아하는 건 아니지만, 오르세에 다니면서 그림은 실물을 보아야 한다는 당연한 사실을 깨달았다. 이를테면 르누아르는 이제껏 달력 그림이라는 선입견이 있었지만, 실제로 그 그림 앞에 서니 광기를 머금은 과잉이라 할까, 심상치 않은 집중과 힘을 느끼고는 녹초가 될 듯 지

친 적이 있다. 마티스는 같은 그림 앞에 20분 가까이 서서 바라봐도 질리지 않았고, 모네의 '수련 시리즈'의 편집광스러운 에너지에는 현기증을 느꼈다. 고갱의 「타히티의 여인들」은 색채가 너무 강렬해 다리가 떨렸다. 그리고 고흐 코너에 다다를 무렵에는 이미 신경이 너덜너덜해져서 "이거 위험한데." 하고 눈을 감고 달리듯 지나친 적이 몇 번이나 된다.

그러나 가장 깜짝 놀란 것은 에드가 드가였다. 유명한 「발레리나」 파스텔화에서 발레리나의 반투명 스커트인 튀튀가 그야말로 제대로 반투명으로 그려져 있었다. 색을 어떻게 배치한 것인지 도무지 알 수 없었다. 멀리서 보면 정말 반투명하게 보였다. 당연히 '반투명' 색의 파스텔은 없다. 드가는 흰색과 재색의 농담을 나뉘어서 그렸다고 한다. 하지만 가까이서 보면 정중하고 섬세한 작업이라기보다 감각과 기술로 한방에 해낸 느낌이 드는 반쯤 즉흥적인 필치다.

생제르맹데프레에서의 즐거운 추억 중 하나는 대학생 아들과 로마에서 돌아오는 길에 파리에 들렀을 때, 크고 무거운 쇼핑 봉투를 들고 호텔까지 돌아오면서 '개 발견하기'라는 게임을 한 것이다. 더 이상 들지 못할 정도로 옷과 구두를 사서 무거운 짐을 들고 낑낑거리며 걷다 보니 둘 다 짜증이 나기 시작했다. 그래서 나는 초등학생 때 한 게임을 생각해 냈다. 처음에는 가위바위보를 해서 진 사람이 짐을 다 든다. 그러다 개를 발견하면 교대하는 단순한 게임이다. 파리는 개가 많아서 교대도 잦았지만, 어찌된 건지 개가 한참 보이지 않아 두 사람분의 짐을 들고 계속 걷기도 했다. 개가 두 마리 있으면 교대 플러스 교대여서 짐을 든 사람이 바뀌지 않는다.

왕따를 당하는 아이가 친구들의 가방을 전부 드는 게 아니라 개를 발견할 때마다 교대하기. 생각해 보면 '개 발견하기'는 좋은 게임이다. 문부성에서 아이들에게 장려하는 게 어떨까.

추억 8

상하이

처음으로 상하이에 간 것은 4년 전 7월이다. 믿을 수 없을 만큼 더웠다. 모로코, 몸바사, 아바나, 마이애미 등 더운 곳은 어지간히 경험했지만, 상하이의 더위는 특별했다. 사람이 많고 건물이 밀집해 있고 차가 파도처럼 밀려들어서인지, 그야말로 숨 막히는 더위였다. 가이드의 승용차는 에어컨 상태가 좋지 않아 차가 멈추면 송풍도 꺼졌다. 주가각에 갔다가 돌아오는 길에 고속도로가 심하게 정체됐는데, 당연히 에어컨 송풍마저 꺼졌다. 차 안에 햇빛이 미친 듯이 들어오고 바람 한 점 없어서 창을 열든 닫든 지옥 같았다. 나는 제일 가까운 출구에 일단 내려 달라고 가이드에게 요청했고, 나무 그늘이 있는 갓길에 차를 세우고 물을 마셔서 열사병을 면했다.

물론 상하이의 강렬한 인상은 더위뿐만이 아니다. 음식은 처음부터 기절초풍했다. 처음 간 상하이에서 첫날 저녁으로 가이드가 고른 것이 '라오쩡씽'이라는, 100년 전부터 내려온 전통 깊은 상하이 요릿집이었다. 그리고 제일 먼저 먹은 것이 훈제한 생선 튀김이었다. 상하이 사람들이 좋아하는 음식 같았다. 겉은 바삭하고 속은 부드러우며 살짝 단맛이 나 사오싱 주와 잘 어울렸다. 그 후로는 놀라움의 연속이었다. 점심은 뭘 먹을까, 저녁에는 상어 지느러미로 할까, 자라로 할까 생각하는 것만으로도 설렜다.

5성급 호텔은 어딜 가나 이래도 안 놀랄 거냐, 하듯 구조와 내장이 화려했다. 실내 수영장과 스파 시설도 만족스러웠다. 몇 번 다니다 예원 정원이 가까운 호텔 중 마음에 드는 곳을 발견했다. 걸어서 예원 정원에 갈 수 있다는 점, 충실한 조식 뷔페와 스파와 수영장이 매력적이었다. 예원 정원 안에 있는 샤오롱바오 전문점은 언제나 붐볐지만 정말 맛있었다. 딤섬 가게도 상당히 맛있었다. 하지만 예원 정원 밖에 있는 상점가를 즐겨 걸었다. 한번은 그 상점가의 중심인 4층짜리 조악한 작은 백화점에서 한방 약재 도매상을 발견했다.

한 층 전체에 촘촘하게 칸막이한 한방 약재 가게가 줄줄이 늘어서 있었고, 녹용부터 동충하초, 영지버섯, 인삼, 영원(도롱뇽의 일종 — 옮긴이), 개구리, 호랑이 성기, 뱀술 등 한방약으로 불리는 모든 것이 있었다. 그 어마어마한 종류의 물건과 사람들의 에너지에 언제나 압도되곤 했다. 호텔에서 예원까지는 당연히 걸었지만, 차도 버스도 트럭도 자전거도 사람도 신호를 지키지 않아 무척 위험했다. 특히 자전거와 자전거 바이크가 무서웠다. 뒤에 달린 손수레에 산더미 같은 짐을 싣고 다니는 자전거 바이크가 많았는데, 한번 멈추면 다시 시동을 거는 데 엄청난 노력이 필요해서 절대 멈추지 않았다. 버스가 와도, 트럭이 클랙슨을 울리며 위협해도, 신호가 빨간색이어도 맹렬하게 뚫고 나갔다.

여러 가지가 혼연해 있지만 나는 상하이의 강렬한 에너지와 역사적인 세련됨에 매혹되었다. 와이탄과 구조계(舊租界)에는 로맨틱한 운치가 있지만, 지난날을 그리워하는 감상주의와는 무관하다. 갈 때마다 새로운 초고층 빌딩이 생기고 풍경이 바뀐다. 가만히 있는 사람은 아무도 없다. 다들 급히 앞질러 가는 인상이다.

그리고 가을부터 겨울에 걸쳐서 게 철이다. 한번은 게를 먹고 택시를 탔더니 "손님, 게 먹고 왔군요." 하고 운전사가 말했다. 손은 씻었지만 손톱 사이에 게 냄새가 박혀 있었던 것 같다. 운전사는 내가 게 먹은 것을 나무라는 것도 원망하는 것도 샘내는 것도 아닌 담담한 느낌으로, "게를 먹었군요."라고 말했을 뿐이다. 그런데 나는 "또 저질렀군요." 하고 신이 말하는 듯한, 배덕하여 금지된 놀이를 하다 들킨 기분이었다.

서울

서울에 처음 갔을 때의 일은 별다른 기억이 없다. 아마 데이비스컵 테니스 대회 아시아 예선을 보러 갔을 것이다. 아직 인천국제공항이 아니라 김포국제공항에서 비행기를 타던 시절이었다. 어느 호텔에 머물렀는지도 확실치 않다. 포장마차에서 상추에다 피조개에 고추와 김치와 마늘을 넣고 싸 먹은 것과 미군 부대 옆 디스코텍에 간 것은 희미하게 기억난다. 그다음은 1997년에 프랑스 월드컵 아시아 예선 한일전을 보러 갔다. 그때 내 책 한국 에이전시였던 B씨가 명동의 어머니 집을 알려 주었다.

올해는 벌써 두 번이나 한국에 다녀왔다. 취재를 겸해 서울뿐 아니라 대구와 부산, 그리고 제주도까지 갔다. 서울과 부산 등 한국의 대도시를 방문할 때마다 생각한다. 어째서 사람들은 경제적으로 풍요해지면 자국 요리만으로는 부족해서 이탈리아와 프랑스 요리 레스토랑에 가고, 런던 스타일의 펍이나 바에서 술을 마시고 싶어 할까. 서울 롯데 백화점 명품관 '에비뉴엘'에는 휴일이면 쇼핑객으로 가득하다. 어째서 사람들은 경제적으로 성공하면, 아니 절대 성공했다고 할 수 없는 사람까지 명품 패션과 가방과 시계를 갖고 싶어 할까.

명동 골목에는 맛있는 노점이 여기저기 있다. 노천 의자에 앉으면 먼저 홍합 국물이 나온다. 나는 오돌뼈와 닭똥집 안주에다 참이슬을 마셨는데 정말 맛있었다. 게다가 가격은 넷이 먹었는데 4000엔 정도였다. 그런 다음 최악의 밴드가 연주하는 호텔의 런던풍 바에서 아이스크림을 먹고 각각 한 잔씩 마셨더니 1만 엔을 훌쩍 넘었다.

서울에서 내가 늘 가는 호텔에 3년 전까지는 한국 음식점이 있었는데, 지금은 이탈리아 레스토랑으로 바뀌어 버렸다. 호텔 측에 물으니 한국 음식점에는 손님이 통 오지 않아서라고 했다. 그러나 이탈리아의 5성 호텔에는 한국 음식점은 물론 일본 음식점도 중국 음식점도 없다. 초밥집은 건재하지만, 프랑스 4성 호텔에도 일본계를 제외하고 아시아 요리를 전문으로 하는 레스토랑은 없다. 대부분의 동아시아인은 그것을 당연시한다. 하지만 정말 '당연한 것'일까.

언젠가 시부야의 어묵 가게에서 이탈리아인 저널리스트 친구를 대접한 적이 있다. 어묵 가게라 해도 그 가게는 도요타의 초후지오 회장을 비롯한 재계 유력자가 고객인 숨은 맛집이었다. 하지만 인테리어도 그렇고 겉보기에는 평범한 어묵 가게와 별반 다르지 않다. 이탈리아인 친구는 맛있다, 맛있다 하면서 쥐치 회와 어묵, 우뭇가사리, 무, 감자 등을 먹으면서 "도쿄에는 이렇게 맛있는 음식을 파는 가게가 있는데 어째서 정체불명의 이탈리안 레스토랑이 그렇게 많고, 또 어디를 가든 손님이 많은 걸까?" 하고 물었다.

나는 잘 모르겠다고 대답했다. 이탈리아 친구는 일주일

정도 머무는 동안 몇 군데 이탈리안 레스토랑에 초대받았는데, 하나같이 기묘한 맛이었다고 했다. 이탈리아 요리는 이탈리아 가정의 수만큼 맛이 다르다고 할 정도로 각 지방과 식재료, 조리법에 따라 다른 요리가 된다. 그런데 도쿄에서 먹은 이탈리안 음식은 지방색이 없고 맛이 중립이어서 별로였다고 했다. 류 씨, 어째서 당신은 일본인인데 세이코가 아니라 불가리 시계를 차고 있지, 하고 물으면 어떻게 대답할지 준비했지만 묻지 않았다.

그러나 정말 어째서 우리는 명품 패션과 이탈리아 요리와 프랑스 요리에 적잖은 돈을 쏟아부을까. 그런 생각을 최근 서울에서 종종 했다.

추억 10

아바나

쿠바를 처음 방문한 것은 1991년이었다. 베를린 장벽 붕괴, 냉전 종결, 소비에트 연방 해체 등이 잇따라 일어날 무렵이었다. 구소련에 시장 가격보다 비싸게 설탕을 팔고, 싸게 석유를 샀던 쿠바는 국가적 위기를 맞았다. 석유 살 외화가 떨어진 아바나에서는 식료품과 의약품 등의 물자가 부족해지기시작했다. 긴급을 요하는 최악의 사태였다.

그런 시기에 헤밍웨이가 살았던 곳으로 유명한 항구 마을코히마르에 콘서트를 보러 간 것이다. 하지만 도착해 보니 발전용 연료 부족으로 정전이 되어 콘서트는 중지됐다. 장시간운전으로 지친 우리는 몹시 배가 고팠지만 시내 레스토랑은전부 닫혀 있었다. 항구에 오래된 호텔이 있었고, 그곳 레스토랑에는 불이 켜져 있어 찾아갔더니 밥 이외에 먹을 것이 없다고 했다. 어쨌든 밥만이라도 좋으니 달라 했다. 감자칩을 한봉지 가지고 있었는데, 바닥에 남은 소금을 밥에 뿌려 먹으려고 한 것이다.

결국 달걀 세 알이 남아 있다며 달걀부침을 해 주어서 먹었지만, 그 무렵 쿠바는 하여간 모든 것이 부족했다. 시골에는 소와 닭이 있고 채소도 있었지만, 석유가 부족하니 육송이 불가능하고 유통이 마비되어 도시까지 운반하지 못했다. 그런 상황에서 관광업은 소중한 외화 획득원이어서 나 같은 여행자에게 친절했다. 외국인 전용 마켓이 있었는데 그곳에서는 일단 고기와 달걀과 통조림을 살 수 있었다.

지금의 쿠바는 달라졌다. 여러 시행착오를 거치면서 독자적인 대응책을 찾아낸 것이다. 쿠바는 시민의 달러 소유를 일시적으로 허락하고, 개인이 개업할 수 있는 직종을 늘리면서 어떻게든 살아남았다. 외화 부족으로 화학 비료를 수입하지 못해서 유기농업으로 전환해야 했지만, 지금은 전 세계 농가가 시찰하러 오는 유기농법 선진국이 됐다. 위기를 기회로 바꾼 것이다.

어떤 위기 상황에도 쿠바 사람들은 노래와 춤과 그리고 시가와 술만은 놓지 않았다. "파티에 가도 먹을 게 없네, 그런 파티는 불을 붙여서 태워 버려." 하는 노래가 대히트하고, 사람들은 웃으면서 즐겁게 춤을 추었다. 그 시절 쿠바는 대단한 위기였지, 하고 어느 날 친구인 뮤지션에게 말했더니, 그게 언제야? 하고 되물었다. 1990년대 초반의 일이잖아, 했더니, 좀 그랬나, 하고 웃었다. 그러고는 "우리나라는 혁명 이후 위기의 연속이어서 위기라 해도 그게 언제 때 위기인지 몰라."라고 했다.

올드 아바나의 카테드랄 주변은 내가 가장 좋아하는 지역이다. 「교코(KYOKO)」라는 내 영화의 촬영 현장으로 쓰기도 했고, 지금도 아바나를 방문하면 반드시 그 일대를 어슬렁거린다. 올드 아바나가 세계 유산으로 지정되어 카테드랄 주변은 많은 관광객이 모인다. 오픈 카페에서 다이키리 칵테일을 마시고 시가를 피우고 기타 트리오의 연주를 즐긴다. 유럽 관광객이 압도적으로 많지만, 주변에 패션 명품 매장은 하나도 없다.

마우이

마우이는 관광지지만, 내가 콘도를 갖고 있는 카파루아는 장기 체재형 별장지라 거주하는 사람이 많다. 그래서 중산층 이상 미국인의 라이프 스타일을 엿볼 수 있다. 그들은 항상 여름인 이 섬에서 스포츠와 독서 외에는 기본적으로 아무것도 하지 않는다. 아무것도 안 하고 풀 사이드에 누워 느릿한 시간을 보내기 위해 마우이를 찾는 것이다. 같은 골프 팀인 남성에게 인터넷 환경이 나쁜데, 당신 집에는 인터넷 회선을 넣었느냐고 물어본 적이 있다. 그랬더니 넣지 않았지만, 이곳에서는 인터넷을 하고 싶지 않고 메일도 확인하지 않으니까 필요 없다고 대답했다. 그는 미네소타에서 인터넷 광고 회사로 성공해서 이곳에 별장을 산 것 같은데, 마우이에서는 인터넷은 절대로 보고 싶지 않다, 아날로그로 보내고 싶다며 웃었다.

나는 업무상 메일을 사용하지 않으면 원고를 보낼 수 없어서 회선이 불안정할 때는 근처 리츠칼튼 호텔까지 가서 비즈니스 센터의 랜(LAN)을 사용했다. 리츠칼튼의 비즈니스 센터는 여덟 평 남짓한 아주 좁은 곳에 컴퓨터 한 대만 달랑

놓여 있는데, 언제 가든 아무도 없다. 정말로 부유한 미국인은 마우이에 머무는 동안 인터넷 따위는 하고 싶지 않는 모양이다.

하지만 일본의 비즈니스 잡지 등에서는 어두운 색 슈트를 입은 미국인 같은 비즈니스맨이 노트북이나 PDA(개인용 휴대 정보 단말기 — 옮긴이)를 안고 무기적인 오피스나 공항 등을 바삐 이동하는 장면이 광고에 종종 등장한다. IT업 종사자로 보이는 비즈니스맨이 바삐 움직이는 모습은 아직도 멋있는 존재의 상징으로 여겨지는 걸까. 나는 여러 나라의 공항 라운지에서 무릎에 노트북을 올려놓고 열심히 키보드를 두드리는 사람을 자주 보지만, 볼 때마다 불쌍하다는 생각이 든다.

나도 마우이에서는 아주 약간의 일 이외에는 아무것도 안 한다. 테니스와 골프를 치지만, 나머지 시간은 먹고 자고 풀사이드에서 책을 읽을 뿐이다. 그런 일상에서는 극히 자연스러운 쇼핑도 즐거움 중 하나가 된다. 식재료는 라하이나의 캐너리몰 안에 있는 세이후웨이 마켓으로 사러 간다. 왜 이렇게 고기가 싸지, 생각하면서 등심 2파운드를 덩어리로 사고, 어째서 이렇게 신선한 주스가 싸지, 중얼거리면서 갓 짠 자몽 주스 1갤런(약 3.8리터)이 든 페트병을 사는 게 전부인데 마음이 묘하게 평온해진다.

마우이에는 명품 매장이 없다. 호텔에는 있을지 모르지만, 대도시나 관광지에서 익숙한 브랜드 로고를 시내나 별장지에서 본 적은 없다. 명품 패션을 입고 명품 시계를 찰 생각을 하지 않는다. 나는 몰 안의 셔츠 가게에서 산 알로하셔츠와 반바지를 입고 샌들을 신었다. 무인도에서 혼자 살 때 명품 시계에 연연할 사람은 아무도 없을 것이다. 어째서 우리는 명품

패션이 필요할까. 어느 때 필요로 할까, 한번 생각해 보는 것
도 나쁘지 않을 것 같다.

프랑크푸르트

N군은 20년 지기이자 소중한 작업 동료다. 「류스 바 (Ryu's Bar)」라는 토크 프로그램부터 최근의 「캄브리아 궁전」 까지 텔레비전과 관련된 일을 도와주고 있다. 또 쿠바 이벤 트에도, 《JMM》이라는 메일 매거진에도 도움을 준다. N군은 축구를 좋아해서 곧잘 축구를 보러 여행도 같이 간다. 그를 처음 만났을 땐 이십 대였지만, 지금은 당연히 사십 대 중반 이 됐다. 어째서 N군 얘기를 화제로 삼느냐면, 그는 외국에 가도 전혀 쇼핑을 하지 않기 때문이다.

2002년 한일 월드컵 예선을 보러 스페인에 가서 '포르투 갈 대 안도라'가 벌이는 광적인 경기를 관전했다. 앙골라가 아니라 안도라 공국이다. 스페인과 프랑스 국경 근처 온천수 가 나오는 산간 지대에 있는데, 안도라 공국은 엄청나게 좁아 관객석이 있는 축구장이 없다. 그래서 근처 스페인의 운동장 을 빌려서 경기를 한다. 대체 어떤 곳일까, 궁금해 N군과 함께 실제로 안도라를 가 보기로 했다. 조그마한 나라로 쇼핑을 하 면 면세를 받을 수 있어서 이웃인 스페인과 프랑스에서 온 쇼평객이 많았다.

쇼핑 천국으로 불리는 안도라 공국에서 나는 예의 바보처럼 옷과 구두와 선글라스와 시가 세트를 샀지만, N군은 그냥 보기만 할 뿐 아무것도 사지 않았다. "N군, 면세니까 구경이라도 하는 게 어때?"라고 했더니 "그렇군요." 하고 같이 가게를 돌긴 했지만, 이내 지겨워졌는지 밖으로 나가 담배를 피웠다. 쇼핑에 흥미가 없는 N군의 시선이 시종 쏟아지니 쇼핑을 계속하는 나 자신이 진짜 바보가 아닌가 하는 생각이 들었다. "어째서 쇼핑을 싫어해?" 식사 때 물어보니 "싫은 건 아닙니다만, 귀찮아서요." 하고 N군은 대답했다.

2006년 독일 월드컵 관전도 N군과 함께했다. 프랑크푸르트에서 나는 또 휴고 보스(HUGO BOSS)를 중심으로 쇼핑을 했지만, N군은 아무것도 사지 않았다. 프랑크푸르트의 명품 거리는 아주 소규모에 소심하다. 마르틴 루터의 종교 개혁을 낳고 질실강건(質實剛健)이 자랑인 독일에서는 이렇게 사치스럽고 비싼 물건을 팔아서 미안합니다, 하는 분위기가 가게 안에 가득하다 그래서 "네가 부자라면 이런 것쯤 갖고 있는 게 당연하잖아." 하고 강요하는 듯한 태도의 점원은 한 사람도 없었다.

명품의 광고 전략에 심리적으로 대항하는 것은 간단하지 않다. 명품은 사람을 판단하는 기준이 소속된 조직에서 개인으로 이행하는 과도기 사회에서, 자신의 경제력과 감각을 어필할 수 있는 유효한 아이템이 됐다. 자신은 노숙자도 빈곤 근로자인 프리랜서도 아니라는 증거로 명품 시계를 무리해서 산다는 젊은이를 만난 적도 있다. 아무리 싫다 해도 개인이 노출되는 성숙 사회에서 명품의 우위성은 당분간 흔들림이 없을 것이다.

다만 명품이 상징하는 것에 대항할 방법이 한 가지 있는 것 같다. N군에게 배운 것이지만, 바로 '귀찮다.'라는 생각이다. 충실한 시간을 갖고 있으면 다른 일은 귀찮아진다. 아아, 쇼핑은 귀찮아, 그렇게 생각하는 것으로 강렬한 자력을 가진 명품에서 어쩌면 조금은 자유로워질지도 모른다.

옮긴이
권남희

일본 문학 전문 번역가. 저서로는 『번역에 살고 죽고』, 『길치모녀 도쿄헤매記』가 있으며, 옮긴 책으로는 『고흐가 왜 귀를 잘랐는지 아는가』, 『오디션』, 『노래하는 고래』, 『달팽이 식당』, 『카모메 식당』, 『다카페 일기 1, 2, 3』, 『애도하는 사람』, 『샐러드를 좋아하는 사자』, 『저녁 무렵에 면도하기』, 『시드니』, 『배를 엮다』, 『누구』, 『평범한 나의 느긋한 작가 생활』 등 200여 권이 있다.

**남자는 쇼핑을
좋아해**

1판 1쇄 펴냄 2017년 6월 30일
1판 4쇄 펴냄 2019년 7월 9일

지은이 무라카미 류
옮긴이 권남희
발행인 박근섭, 박상준
펴낸곳 (주)민음사

출판등록 1966. 5. 19. 제16-490호
서울시 강남구 도산대로 1길 62(신사동)
강남출판문화센터 5층 06027
대표전화 02-515-2000 팩시밀리 02-515-2007
www.minumsa.com

ISBN 978 89 374 2919 4 04800
ISBN 978 89 374 2900 2 (세트)

쏜살 산책 로베르트 발저 | 박광자 옮김

키 작은 프리데만 씨 토마스 만 | 안삼환 옮김

와일드가 말하는 오스카 오스카 와일드 | 박명숙 엮고 옮김

유리문 안에서 나쓰메 소세키 | 유숙자 옮김

저, 죄송한데요 이기준

도토리 데라다 도라히코 | 강정원 옮김

게으른 자를 위한 변명 로버트 루이스 스티븐슨 | 이미애 옮김

외투 니콜라이 고골 | 조주관 옮김

차나 한 잔 김승옥

검은 고양이 에드거 앨런 포 | 전승희 옮김

두 친구 기 드 모파상 | 이봉지 옮김

순박한 마음 귀스타브 플로베르 | 유호식 옮김

남자는 쇼핑을 좋아해 무라카미 류 | 권남희 옮김

프라하로 여행하는 모차르트 에두아르트 뫼리케 | 박광자 옮김

페터 카멘친트 헤르만 헤세 | 원당희 옮김

권태 이상 | 권영민 책임 편집

반도덕주의자 앙드레 지드 | 동성식 옮김

법 앞에서 프란츠 카프카 | 전영애 옮김

이것은 시를 위한 강의가 아니다 E. E. 커밍스 | 김유곤 옮김

엄마는 페미니스트 치마만다 응고지 아디치에 | 황가한 옮김

걸어도 걸어도 고레에다 히로카즈 | 박명진 옮김

태풍이 지나가고 고레에다 히로카즈 · 사노 아키라 | 박명진 옮김

조르바를 위하여 김욱동

달빛 속을 걷다 헨리 데이비드 소로 | 조애리 옮김

죽음을 이기는 독서 클라이브 제임스 | 김민수 옮김

꾸밈없는 인생의 그림 페터 알텐베르크 | 이미선 옮김

회색 노트 로제 마르탱 뒤 가르 | 정지영 옮김

참깨와 백합 그리고 독서에 관하여 존 러스킨 · 마르셀 프루스트 | 유정화 · 이봉지 옮김

순례자 매 글렌웨이 웨스콧 | 정지현 옮김

마르그리트 뒤라스의 글 마르그리트 뒤라스 | 윤진 옮김

너는 갔어야 했다 다니엘 켈만 | 임정희 옮김

무용수와 몸 알프레트 되블린 | 신동화 옮김

호주머니 속의 축제 어니스트 헤밍웨이 | 안정효 옮김